「コックリング使ってるから、まだまだ持ちそう。
お前の中ひくついてる…、ずっと入れてるせいかな。
中、ぐちゃぐちゃだ。気持ちいいだろ？　ほら好き
なだけ擦ってやるから」
艶めいた笑みを浮かべ、西条が片方の足を持ち上げ
て角度を変えて突いてくる。
（本文P.140より）

二人暮らしのユウウツ

不浄の回廊2

夜光花

キャラ文庫

この作品はフィクションです。
実在の人物・団体・事件などにはいっさい関係ありません。

目次

口絵・本文イラスト／小山田あみ

二人暮らしのユウウツ

手持ち無沙汰《ぶさた》で携帯電話を弄《いじ》っていると、聞き慣れた名前が耳に飛び込んできた。

「マジぃ!?　知子《ともこ》、西条《さいじょう》に告《コク》ったのぉ!?」

「すっげ、勇者！　西条先生、無理だって言ったのに」

衝立《ついたて》の隣から女子高生の色めきたった声が響き、天野歩《あまのあゆむ》は携帯電話を握ったまま固まった。

そろりと衝立の隙間《すきま》から覗《のぞ》くと、塾帰りらしき女子高生四人がいて、知子と呼ばれた女の子を質問責めにしているのが見えた。ややふっくらした面立ちの、大きな目をした可愛い子だった。飲み物を手に抱え、肩までかかる髪をしきりに弄っている。

「告ったって言うか、手紙渡しただけだよぉ。も、すっごい恥ずかしかったぁ」

頬《ほお》を赤くしながら答えている女の子は、抑え気味の声で同じテーブルにいる友人らに報告している。小声で話されると聞き取れなくて、歩はやきもきして隣のテーブルに神経を集中した。

同姓の別人であればいいが、おそらく彼女らが話題にしている西条という教師は歩のよく知っている人物のことだろう。西条の勤める塾は、歩が今いるファーストフード店からさして離れていない。

「でもさぁ、最近西条先生、丸くなったよねー」

きゃあきゃあと騒ぐ女子高生の一人がしたり顔で告げる。

「アタシもそれ思ったー。前はもっと冷たかったよね」

「イケメンじゃなきゃ許されないくらいだったよっ」

「まぁそこもいいんだけどさぁー」

口々に西条の噂《うわさ》話に花を咲かせる女子高生の話に聞き耳を立てていた時だ。ふいに持っていた携帯電話が鳴り始め、歩は飛び上がるほど驚いた。着信名は噂の西条希一《きいち》だ。受信ボタンを押すと、西条の声が聞こえてくる。

『おい、今どこに…』

「あ、さい…」

返事をしようとして、あやうく西条の名前を呼んでしまいそうになり、焦って電源を切った。慌ててイスから立ち上がり、トレイを持って席を離れる。その際に近くのテーブルにぶつかってしまい、ちらりと女子高生たちに視線を向けられた。

そそくさと逃げるように店を後にした。

五月に入り、夜九時を過ぎても気温はそれほど低くならなくなった。歩はファーストフード店から足早に遠ざかり、火照《ほて》った顔で携帯電話を取り出して西条にかけた。すぐに苛立《いらだ》った声が耳に入ってきた。

『てめぇ、何で今切った』

話す間もなく電話を切られて、西条は当然のごとく怒っている。

「それどころじゃなかったんだよ！　もう西条君、西条君ってば、うわあああ」

西条も怒っているが歩も怒っていた。恋人であり、一緒に暮らしている西条に、こともあろうに告白したと隣の席の女子高生が話していたのだ。これが動揺せずにいられようか。怒りたいのはこっちだと思ったが、話している最中に道路の段差につまずいて派手にすっ転んでしまった。

「……何やってるんだ？　お前」

気づくと目の前に携帯電話を持っている男が立っていた。黒地に細いストライプの入ったスーツを着た二十代半ばの切れ長の目をした美形だ。パーマをかけた髪は色気のある顔立ちとよく合っていて、気楽に声をかけられない雰囲気がある。

「西条君…」

目の前に立った男の名前を呼び、歩は一瞬ぼうっとなった。西条と同居を始めて半年以上が過ぎたというのに、未だに西条の顔を見ると見惚《みと》れてしまうことがある。骨の髄まで惚《ほ》れてるようで、自分に呆《あき》れてしまう。

「馬鹿だな、ほら」

西条に手を差し出され、反射的に摑《つか》まると、力強い手で引っ張り上げられた。

「相変わらずとろくせーな、お前」

転んだ歩を見て西条が笑っている。笑ってはいるが、それは馬鹿にした笑いではなく、どこかはにかんだ柔らかな笑みだった。二週間会わなかっただけなのに、西条の顔を久しぶりに見ると胸がドキドキする。やっぱりかっこいいなぁと笑顔になり、歩は西条と並んで歩き始めた。


歩が中学三年生の時の同級生である西条希一と再会したのは、去年の八月、夏真っ盛りの頃だった。

生まれつき人ならざるものが見える歩は、西条に初めて出会った中学三年生の時、まといつく邪悪な黒い影に気づいた。西条は人をよせつけない性格で、歩とも当然仲がよかったわけではない。だが常に西条に張りつく黒い影は、歩にとって素通りできるものではなく、いつも何かしら西条を気にしていた。西条を助けたいと思い、黒い影を探ろうとしたのが運命の分かれ道だ。当時子どもだった歩にはそれを追い払える力はなく、逆に学校にすら通えなくなるほどさまざまな霊に憑依《ひょうい》されてしまった。

結局歩は高校には行かず、父のもとで修行する道を選んだ。普通の生活を営めるまで、五年ほどかかってしまった。

それからはずっと父のアシスタントとして仕事を手伝っていたのだが、ある日「世間にもまれてこい」と言われ、一人暮らしを始めることになった。そのアパートの隣の部屋に、偶然西条がいた。

西条は大人になった今でも、黒い影を背負っていた。

子どもの頃はそれを追い払うことはできなかったが、大人になった今再会したのは、きっと過去にできなかった悪霊を退治するためだと思い、歩は西条を助けるために奔走した。西条を長い間苦しめていたのは、先祖が起こした非道な所業によって死んでいった、たくさんの成仏できない魂だった。それらが次々と悪霊を呼び込み、西条を死に至らしめようとしていた。

その中でも一番問題だったのが、生きている人間であるキリエという女性だった。

彼女は西条を想うあまり、西条が死ねば生まれ変わって自分と結ばれるという妄想を抱いていた。彼女の生霊はすさまじく、歩は西条を助けるためにいくつかの過ちを犯してしまった。それでも最後には西条を苦しめていた悪いものを追い払うことができ、歩は長年の心の重荷を取り払うことができた。

その最中に西条を特別な意味で好きだと自覚し、西条からも特別な愛情を返してもらうことに成功した。未だに「好きだ」という言葉はもらってないが、恋人という立場で西条と同じ家に暮らすまでに至っている。

以前のアパートは引っ越し、今は駅に近い2ＬＤＫのマンションに住んでいる。歩にはとうてい払えないマンションの賃貸料は、西条が受け持っている。その代わり食費と料理は歩に任された。西条は食べるのが大好きなので歩としても作り甲斐《がい》がある。最悪の状況になっても西条を胃袋で繋《つな》ぎとめるぞ、と思っているので、手抜きはしない。

同居を始めて半年以上が過ぎ、今は毎日が幸せいっぱいだ。

もさっとしているのを自覚している歩にとって、すれ違う人が振り返るくらい見目の良い西条といられるのは奇跡だと思っている。いい大学を出て塾講師をしている西条と、中学校もろくに行っていなかった自分とでは、何もかもが違いすぎる。

「西条君、告白されたんでしょ？　隠したって駄目だよ、ネタは上がってるんだからね」

西条と合流した後、繁華街にあるラーメン屋に入り、歩は真剣な表情で隣に座っている西条に切り出した。

「告白？　どれの話だ。先週の話か、今週の話か？」

どうでもよさそうな顔でメニュー表を眺め、西条が答える。やっぱり味噌《みそ》チャーシューも捨てがたかったな、と呟《つぶや》いているのが聞こえる。こんな大切な話をしているのに、西条は食べることしか頭にない。

「せ、先週…と、今週があるの？　何人に告白されたの？　どんな子？　可愛い子？」

まさか二件もあったとは思わなかったので、動揺して歩は西条の腕をガクガクと揺らした。

うんざりした顔で振り返る西条が何か言おうとしたとたん、店主がどんぶりをカウンターの上に置いた。

「とんこつチャーシューお待ち」

強面《こわもて》の店主が器を置き、西条がそれを手元に引き寄せる。続いて歩の頼んだネギ味噌ラーメンがやってきて美味しそうな匂いを漂わせた。

「だから何なんだよ、お前」

割り箸《ばし》を割りながら西条に聞かれ、歩は先ほど時間をつぶすために入っていたファーストフード店で聞いた女子高生たちの会話を繰り返した。

「あー、知子って鷺沼《さぎぬま》か。あいつ志望校ぎりぎりなんだよな、ラブレター書く暇があったら英単語の一つでも覚えろっつーの」

歩の話を聞いて西条が思い出した顔で頷《うなず》く。

「そ、そ、それ、どうしたの…？」

ずるずると麺《めん》をすする西条に、つい横から覗《のぞ》き込むようにして聞いてしまう。西条に告白した子は可愛らしくて、男で、しかもさっとしている歩は嫌でも不安になる。性別だけでも負けているのに、西条の職場には若くて可愛い子がいっぱいいるから心配だ。

「ラブレター？　燃やして捨てた」

さらりと西条が答えて、汁をすする。予想外の答えが返ってきて、歩は呆然《ぼうぜん》として固まった。

女子高生が想いを込めて書いたラブレターを、燃やして捨てたとは何事だ。

「さ、西条君、ひどいよ。何も燃やすことないじゃない」

西条が後生大事に持っていたらショックだと思っていたが、逆に燃やして捨てたと言われるのも聞き捨てならない。

「西条君って、ちょっと冷たいとこあるよ。もうちょっと好きだって言ってくれた子に対して思いやりを…」

「……おい、ちょっとこっち向け」

「え？　ぎゃあ！」

不機嫌な声を出す西条に顔を向けたとたん、西条から額を指ではじかれる。かなり痛くて近くの客が振り返るくらい大きな悲鳴を上げてしまった。

「い、痛い…。西条君ひどいよ…」

「ひどいのはどっちだ。ったくめんどくせー性格してるな、お前は。ああ、分かったよ。じゃあこれからラブレターもらったら綺麗《きれい》にパウチして、てめぇの枕《まくら》の下に入れといてやるよ。さぞかしいい夢見られるぜ。それで満足なんだろ?」

痛みに呻《うめ》く歩には目もくれず、西条はむすっとしてラーメンを食べている。

「それは嫌…。ごめん、西条君」

想像したら嫌な気分になって、肩が下がってしまった。呆れ顔で西条がちらりと見やり、ため息を吐く。

「早く食え。のびるぞ」

西条に促され、のろのろと割り箸を割ってラーメンに口をつける。西条が好きなこのラーメン屋は麺がしこしこしてスープも美味い。

「えっと、断ってくれたんだよね…?」

念のために確認しておかねばと思い食べながら尋ねると、すでに一杯目を食べ終えた西条が替え玉を頼んでいる。

「あのー俺、マンションに帰ってもいいんだよね?」

西条が答えないので重ねて聞く。祖父の七回忌と父の仕事を手伝っていた関係で、歩は二週間ほど実家に戻っていた。今日戻ると西条に連絡すると、一緒に飯を食おうかと誘われたので、駅で待ち合わせをしていたのだ。本当なら待ち合わせ場所には余裕を持って向かうはずだったのだが、女子高生の噂話が気になって時間を食ってしまった。

「西条君ってば」

無視されて不安に駆られていると、堪《こら》えきれなくなったみたいに西条が肩を震わせる。声を殺して笑っていた西条は、目を細めて歩を見つめ、さりげなく身体を寄せてきた。

「チャーシューいただき」

ひょいと箸でチャーシューを奪われる。せっかく楽しみにとっておいたのに、とられてしまった。

「あーっ、ひどいよ西条君！」

「外食続きで胃もたれしてきたからな、明日はあっさりめのものがいいな」

奪ったチャーシューを口に運び、西条が笑う。その笑顔にどきりとして歩は大きく頷いた。


腹を満たした後、歩は西条と一緒に自宅のマンションへ戻った。二週間ぶりだったのでどれほど汚れているだろうかと思ったが、室内は特に乱れた様子はない。中でもキッチンの綺麗さはとびぬけていた。西条が一度も使わなかった証拠だ。

「ただいまー、あっ、タク！」

歩の帰宅に気づいて部屋の奥から黒猫が鳴きながら出てきた。タクと名づけられた猫は歩が抱き上げると一声長く鳴いて丸まった。二週間も留守にするのでタクの世話をちゃんとやってくれているだろうかと心配だったが、いらぬ気苦労だったようだ。タクはこれといって腹を空かせている様子もないし、毛並もつややかで元気満々だ。かつては人間に虐待され怯《おび》えていた猫も、今ではすっかり猫らしさを取り戻している。

「実家はどうだった？」

ヤカンを火にかけてコーヒーでも淹《い》れようと思っていると、西条がネクタイを弛《ゆる》めて尋ねてきた。リビングにある大型のテレビの前にはゆったりしたソファが置いてある。西条はそこに寝そべるように座り、歩のほうに目を向けた。

「おじいちゃんの七回忌では、久しぶりに親類の人と会ったよ。あっ、母さんも来てたみたい。西条君に迷惑かけるなって言われた」

食器棚から二人分のコーヒーカップを取り出して、にこやかに告げる。歩の笑顔とは対照的に西条はうんざりした顔で軽く手を払うしぐさをする。

「そういう話を俺の前でするなっつーの。まだ俺は全面的に認めたわけじゃねぇぞ」

西条の顰《しか》め面を見て、つい口を滑らせてしまったのを自覚した。歩の母はすでに他界していてふつうの人間には見えるはずもない。霊能力に長《た》けた父とはこういう会話は日常茶飯事だったので、うっかりしていた。特に西条は霊といったものを信じておらず、そういった話が出るだけで嫌そうな顔をする。以前頼み込んでどうにか除霊をしてもらった時も、最後まで「俺は信じてないけど、お前がどうしてもと言うからやるんだぞ」とくどいほど歩に言ってきたくらいだ。

人は見えるもの以外はなかなか信じてくれない。以前は西条に不可思議な世界も認めてもらいたいと思っていたが、最近では西条はこのままでいいかなという気分になっている。西条は霊関係の話を毛嫌いしているが、以前のように怒鳴りつけることはなくなった。嫌いだが我慢している、という態度は歩の目には可愛く映る。

ふと実家での父との会話を思い出し、歩は少しだけ気分を沈めた。

実家で父と二人で今の生活について話していた時だ。

「お前、西条とのことは外であんまり言うんじゃないぞ」

珍しく真面目な顔を見せて父が歩に言い含めてきたのだ。こたつでみかんを食べながらオウムの大和《やまと》と戯れていた歩は、びっくりして目を丸くした。

「え？　何で？」

「男同士で好きだの何だの言っているのは、フツーじゃないからな。世間から奇異な目で見られるから、表向きは友達って顔してろよ。あの西条っての、教師なんだろ？　教師なのにホモだって知られたら解雇されかねないぞ。世間はそれほどホモップルに優しくないぞ」

「え、え…。そう…なの？」

どきりとして歩が青ざめると、父は厳格な顔で腕を組んだ。

「そうだ。お前は世間知らずだからな、西条に迷惑かけそうで俺は心配だ。お前は何言われても失うものはないからいいがなぁ。ま、破局したらうちに戻ってまた仕事を手伝え」

父に言われて歩も落ち着かなくなった。確かに塾講師をしている西条は、男とつき合っているなんて知られたら、同僚や生徒からどんな目で見られるか分からない。西条と一緒に暮らせてただ浮かれていたが、考えてみれば危険と隣り合わせだったのではないか。

父は変わった職業についているので歩と西条についても認めてくれたが、世間はそうではない。現に西条の母親は真面目な人で、ゲイといった存在に寛容には見えず、とてもじゃないが西条とつき合っているなどと打ち明けることは不可能だ。騙《だま》しているようで気が引けるものの、だからといって西条と肉体関係があるなんて言ったら、卒倒しかねない。

「わ、分かった……。気をつける」

しゅんとして呟いた歩に、大和がくちばしでつついてくる。元気を出せと言われているようで歩は無理に笑顔を作った。

「それと、お前、これからどうする気だ？」

みかんの皮を剝《む》きながら父が尋ねてくる。

「これからって？」

父の顔がまだ真面目なままで、歩は恐々として問い返した。

「ずっとコンビニでバイトをしていく気か？　俺の跡を継ぐなら、そろそろ山籠《やまご》もりの修行にでも行ってもらわなきゃなんないぞ。七回忌の後、京都《きょうと》のお寺さんにしばらく厄介になるからお前も行くか？」

父の眼光に恐れをなして、歩はこたつに深く潜り込んだ。大和が飛び立ち、カーテンレールの上にちょこんと脚を載せる。

いつか言われるだろうと思っていたのに、まだ答えを用意していなかった。以前は父の跡を継ぐものだと思っていたが、最近の歩は迷いが生じている。父の言っている山籠もりの修行は簡単に終わるようなものではなく、俗世を断ち切り、仏に仕える覚悟がなければ挑めない。長い間西条と別れなければならないし、第一最近世俗にまみれすぎている歩には、まだ到底踏み入れられる領域になかった。

だがだからといってこのままコンビニのバイトを続けていくのかと聞かれると、それもまた違う気がすると歩は困ってしまう。結局どっちつかずで道を決められず、父にその話を出されないといいなぁという消極的な考えでいたのだ。

「う、うーん。まだいいかなぁ……なんて。京都のお寺さんてあれでしょ、十六歳の頃連れてかれたとこでしょ…」

憑依体質に気づいて学校に行けなくなった時期、歩は父に連れられ、京都のとある寺にしばらく厄介になった。父の古いなじみのお坊さんがいる寺で、山の中腹に建てられた由緒ある寺だった。朝は暗い時間から起きて本堂の掃除をし、食事は精進料理のみ、経を唱え、夜は早めに就寝するという今では信じられないほど禁欲的な生活だ。一度西条に話してみたら、「この世の地獄か?」と顔を引きつらせていた。

「まぁ、今の煩悩にまみれまくっているお前には無理か……」

千里眼と呼ばれている父には隠し事はできない。歩は小さく「ごめん」と呟き、その話を終わらせた。

西条と会ってなければ、歩もそろそろ本格的な修行に入っていたかもしれない。けれど今はどうしてもその気になれなかった。二週間西条と会ってなかっただけでも、メールや電話を頻繁にしないと不安だったのに、山寺に行って長い間連絡を絶つなんて、今の歩には不可能だ。

今までまともに恋などしたことがなかった歩にとって、これほど初めての恋人が頭の中を占めるものだとは思ってなかった。四六時中西条の心配をしているし、西条に捨てられたらどうしようとか、西条を誘惑する子がいたらどうしようと心配している。

恋がこれほど人を滑稽《こっけい》にするとは思ってもみなかった。

「――どうした？　黙りこくって」

父との会話を思い出し沈み込んでいると、西条がいぶかしげに尋ねてきた。慌てて明るい顔に戻り、歩は止めていた手を動かした。

「あ、ううん、何でもない。それでね。父さんがそのうち西条君を連れて遊びに来いって」

沸騰した湯でコーヒーを淹れていると、タクがソファに飛び乗り、西条の膝の上で丸まった。西条と二人きりにされて、すっかり仲良しになったみたいで歩も嬉しい。

「俺はお前の親父は苦手だ…。何でも知ってるぞという顔が嫌」

湯気を立てたコーヒーカップを運ぶと西条が仏頂面で答える。

「しょうがないよ。父さんは何でも知ってるから。あ、そういえば西条君！　西条君に一番に知らせなきゃと思ってたのがあったんだ!!」

ローテーブルにコーヒーカップを置き、慌てて自分のバッグを探る。今まですっかり忘れていたが、とてもいいニュースがあったのだ。

満面の笑みで歩は一枚のハガキを取り出し、西条に差し出した。

「……何だ、それ」

「同窓会のハガキだよ！　西条君と一緒のクラスだった中学三年生の時の。俺のところにも来てるくらいだから、西条君の実家にも来てるはず！」

おおはしゃぎで西条に同窓会の知らせが書いてあるハガキを見せたが、想像と違い西条はにこりともしない。それどころか顔を引きつらせて歩を見つめ、ため息を吐く。

「だから、それが何だ。まさか俺がそんなものに行くとでも思ってるのか？」

心底うんざりした顔で告げられ、歩はびっくりして西条の隣に腰を下ろした。てっきり西条も喜んでくれると思っていたのに、反応が悪い。

「ええー、行こうよ西条君。何で行かないの？　俺、西条君と一緒に行けると思ってテンションすごい上がったのに」

「お前……うぜぇ通り越して視界から消したくなった」

ぴくぴくとこめかみを震わせ、西条が眇《すが》めた目で見てくる。

「アホか、行くわきゃねぇだろ。お前は人を見てものを話せ。そのパーな頭の中に入っているメモリーを引き出して、俺が中学三年生の時どうだったか思い出せよ。俺が誰かとつるんでるのを見たことがあるか？　お前以外話す奴がいねーのに何で出かけなきゃなんねぇんだよ。馬鹿か、金と時間の無駄だ。お前、アホなのは笑って許してやるが、その気持ち悪い皆仲良しワールドに俺を巻き込むのはやめろ。俺が中学の時の同級生とにこやかに話すと思ってんのか、この鳥頭が」

「そ、そんなぁー」

西条にぼろくそに言われてしょぼくれた顔になってしまう。まさかそこまで悪《あ》し様に言われるとは思ってなかったので、ひどくがっかりした。

「でも俺と違って西条君はすごくモテてたし、誰とでも臆することなく喋《しゃべ》れたでしょ？　そこまで嫌がらなくても…」

「そもそも同窓会の何が楽しいんだ。俺にはちっとも分かんねぇわ」

「明るくなった西条君を見てもらいたいかな」

にこっと笑って答えたら、西条が身を起こしてグーで歩の頭を殴る。けっこう痛くて頭を押さえながらうずくまった。

「いった…もー、西条君、暴力反対！」

「お前は人をムカつかせる才能がある」

コーヒーに口をつけ、西条が呟く。ふくれっ面で殴られた頭を撫《な》でていたら、西条がコーヒーカップを置いて手を伸ばしてきた。

「ちょっと強かったか？」

西条の手が髪に触れて優しく撫でる。

「西条君は乱暴だよ」

軽く睨《にら》みつけるようにして言うと、西条が屈《かが》み込んできて髪に軽く口づける。西条の体温を感じて歩はかすかに頬を赤らめた。

「お前の髪、煙草《たばこ》くさい」

鼻先を歩の頭に押しつけて、西条が呟く。そういえば時間をつぶすために入っていたファーストフード店で、隣の席の男が煙草を吸っていた。髪に臭いがついてしまったみたいだ。西条は臭いにうるさいから、後でシャワーを浴びてこなければ。

「まだ痛いか？」

西条が髪を弄りながら問いかける。

「う、うん。ちょっと…」

本当はもう痛くなかったが、つい甘え半分でじっと見上げる。西条は今度は歩の額にキスを落とし、耳朶《みみたぶ》を指先で揉《も》んでくる。

「まだ？」

「う、うーん。もうちょっとかな？」

そろそろと両腕を西条の背中に回すと、タクが鳴き声を上げて西条の膝《ひざ》から飛び去っていった。西条が笑って頬を撫で、唇に触れてくる。何度してもまだ慣れなくて、歩は目を閉じながら西条のキスを受け止めた。しだいに身体が密着してきて、キスの音だけが室内に響く。

ぺろりと上唇を舐《な》められて、ぼうっとした顔で目を開けた。

「俺、お風呂入ってくる…」

「一緒にシャワー浴びようか」

うっとりするような色っぽい目で見つめられ、歩はどぎまぎして頷いた。


西条と一緒にいるようになって歩は自分が変わったと思うことがいくつもある。

以前よりも喋り方が早くなったと思うし、めったに気にしなかった外見にも気を遣うようになった。一緒に並んで歩く西条に恥ずかしい思いをさせたくない一心で、放置気味だった髪も定期的に切るようになった。

そして一番変わったと思うのは、自分の身体だ。

「さ…、西条君…、ん…っ、う…っ」

西条と共に浴室に入り、シャワーを浴びて互いの身体を洗い合った。キスだけで勃起《ぼっき》してしまった身体に我ながら羞恥心を覚える。西条と何度も濃密な夜を過ごし、すっかり身体を変えられてしまった。今の歩は西条とくっついているだけで欲情してしまう。前は自慰もそれほどしていなかったくらいなのに、一度好きな人と抱き合う経験をしてからは、自分でもびっくりするくらいいやらしい身体になった。

「はぁ…っ、は…っ、ひゃ、ぁ、あ…っ」

ボディソープで濡《ぬ》らした指を尻のはざまに入れられ、ぐるりと襞《ひだ》を撫でられる。西条は意地悪で、あちこち弄ってくるけれど、勃起した性器は触ってくれない。それでも後ろを弄られると全身が熱くなってしまい、喘《あえ》ぎ声が引っ切りなしにこぼれていく。

男でありながら男を受け入れる行為なのに、すっかり慣れた身体は、内部への愛撫《あいぶ》に敏感だ。指で弄られ続け、息がどんどん上がっていく。

「西条君…っ、前弄っていい…？」

シャワーの湯を止めて、抱き合う形で尻の奥を愛撫されていた。歩の性器はとっくに反り返り、切なげに震えて西条に当たっている。西条は屈み込んで指を根元まで入れて、薄く笑った。

「駄目、こっちの感覚に集中しろよ」

西条が耳朶を食《は》みながら指を動かしてくる。ひくひくと腰を震わせ、歩は西条にしがみついた。濡れた音を響かせ、西条はあらぬ場所に入れた指を動かし続ける。以前は知らなかった前立腺という場所は、弄られれば弄られるほどに歩に甲高い声を上げさせる。

「もうイきたいよぅ…」

紅潮した頬を押しつけ、歩は太ももを揺らした。勃起した性器が西条の身体に擦られ、先端からとろりと蜜があふれ出た。

「前、擦るなって。後ろの感度よくしたいから、今日は触っちゃ駄目。ほら、向こう向け」

「うー…っ」

西条に無理やり身体を引き剝《は》がされ、壁に向かって立たされた。西条はぐいっと歩の腰を引き寄せ、尻を突き出す形にさせる。

「いい格好」

西条が楽しげに囁《ささや》き、歩の背中を撫でてくる。つつーっと背骨にそって指が伝い、ぞくりとして浴室の壁に腕をつけた。西条は再び二本の指を内部に入れ、穴を広げるような形でかき混ぜてくる。

「お前の尻ってけっこういいよな。弾力があってもちもちで」

尻のはざまを濡らしながら西条が感心した声で告げてくる。こっちはそれどころではなくて、乱れた息をまきちらし、壁にすがりつくので精一杯だ。

「はぁ…っ、や、ぁ…ぅ、うー…っ」

ぬちゅぬちゅという淫《みだ》らな音が耳を刺激し、目がとろんとする。西条が内部ばかり弄るから、嫌でもそこへの反応が高まっていく。

「指増やすぞ」

弛んできた尻の奥へ、宣言通り西条が指を増やす。三本も指が入ると、圧迫感を覚え、息が詰まった。

先走りの汁が反り返った性器から垂れて、タイルにぽとりと落ちる。はぁはぁと息を乱し、歩は後ろを振り返った。

歩の身体を開こうとしている西条の性器もとっくに張り詰め、重たげに上を向いている。一瞬それが入ってくるところを想像してしまい、歩は内部に入っていた指をきゅっと締めつけてしまった。

「……ひくついてる。お前のここ、柔らかくなった」

西条が中に入れた指で襞を広げながら告げた。西条の片方の手はわき腹から尻を揉んでいく。しだいに立っているのがつらくなり、歩は爪先立ちになって快楽を追いかけた。

「西条君…っ、俺…っ」

身体の震えが止まらなくなり、こぼれる息遣いも激しくなっていた。このままでは指で達してしまいそうで、必死になって気をまぎれさせる。

「もうイきそう？　まだイくなよ」

歩の状態に気づいて、西条がゆっくりと指を引き抜く。後ろへの刺激が薄れて、わずかに身体から力が抜けたとたん、西条が昂《たか》ぶった熱の先端を押しつけてきた。

「入れるぞ」

潜めた声で呟き、西条が指で歩の後孔を広げ、カリの部分を埋め込んでくる。久しぶりに大きなモノが入ってきて、歩はひくりと咽《のど》を震わせた。

「は…ぁ…っ、あ、う、う…っ」

じれったいほどの動きで西条が中に潜り込んでくる。熱くて硬く張り詰めた西条の性器が内部を通っていくと、歩は気持ちよすぎて目尻から涙をこぼして両足をガクガクとさせた。

「ひゃ、あ、あ…っ」

ぐっと西条の性器が押し込められると、たまらずに内部に入った熱を締めつけた。気持ちよさそうな息を吐き出し、西条が歩の腰を抱える。

「あー、すっげ気持ちいい…。ずっとこの中いてぇ」

西条の言葉にぞくっと背筋が震え、銜《くわ》え込んだ内部が収縮してしまう。西条はしばらく動かずに、歩の背中や胸を撫で回した。

「ひ…っ、あ…っ、や、ぁ…っ」

西条の指が尖《とが》った乳首に引っかかり、軽く撫でられる。それだけで甘ったるい声がこぼれ、壁についた腕がずるずると下がっていく。

「お前、ここもすごく感度よくなったよな…。つーか、お前の乳首大きくなった気がする。俺のおかげだな」

「う、嬉しくないよ…っ、ひゃ…っ、あ…っ」

ぐりぐりと乳首を指先で摘《つま》まれ、びくんと身体がうねる。徐々に西条の大きさに身体が馴染んでいくのが分かる。西条にもそれは分かったのか、乳首を弄りながら小刻みに揺すってきた。

「やぁ…っ、あっ、あっ、あっ」

勃起した性器で内部の感じる場所を揺さぶられると、それだけで甲高い声がこぼれた。もう我慢できなくて歩は片方の手で自分の性器を擦ろうとした。だがすぐに西条に見つかり、両腕を後ろに引っ張られる。

「だから後ろでイけって…、はぁ…」

「ひゃ…っ」

両腕を後ろにとられた不安定な格好で繋がった部分を揺らされ、歩は真っ赤になって両足を震わせた。

「前、擦らせてよぅ…、うー…っ、もう我慢できないぃ…っ」

切ない声を上げても西条は腕を離してくれない。もう感じすぎて膝が揺れてしまい、立って

いるのがつらい。

「可愛い声出しても駄目…、後ろでもイけるだろ…?」

ゆさゆさと腰を揺さぶりながら西条がおかしそうに笑う。歩の声も乱れているが、西条の声も上擦ってきている。自分の身体で西条が気持ちよくなっていると思うと、余計に腰が熱い。

「今すぐイきたいんだって…、ば…っ、う…っ、あうぅ…っ」

耐え切れず涙声で訴えると、西条が笑って息を吐き出す。

ふいに今までのゆっくりした動きと違い、西条が激しく腰を突き上げてきた。

「ひぁ…っ、あ…っ、や、ぁ…っ」

ぐちゅぐちゅと音を立てて内部を突き上げられ、歩は鳥肌を立てた。熱くて硬いモノで奥を擦られ、声を出さなければ快楽が逃げていかない。急速に熱が高まり、受け入れている場所がひくつくのが自分でも分かった。西条は歩が一番弱い場所を重点的に責めてくる。

「やぁ…っ、やー…っ、あー…っ」

快楽の波が一気に押し寄せ、気づいたら歩は射精していた。びくびくっと腰を震わせ、精液を飛ばす。あまりに気持ちよくて全身から力が抜けてしまい、その場に倒れ込みそうになってしまった。

「おっと…」

歩の両腕を自由にして、西条がぐったりした歩の腰に手を回す。

「は…っ、ひ…っ、は…っ」

待ち望んだ射精を得られたのはいいが、立っていられないほど呼吸が苦しかった。忙しなく息を吐き出し、まだびくりと身体を跳ね上げる。

「よくできました」

乱れた息をまきちらしている歩の身体を背後から抱きしめ、西条がまるでごほうびのように耳朶や頬にキスをしてくる。

「はー…っ、はー…っ」

身体に力が入らなくて、西条が支えてくれなければ今にも床にへたり込んでしまいそうだった。そんな歩に気づいたのか、西条が入れていた性器をずるりと引き抜いてくる。

「床に四つん這《ば》いのほうが楽か？」

繋がりが解かれるなり床にぺたんと膝をついた歩を見て、西条が問いかけてくる。まだ息を喘がせつつ歩が頷くと、西条が膝をついた。西条の濡れた性器は大きく黒光りしていて、つい先ほどまでそれが身体の中に入っていたのが信じられないほどだ。

「はぁ…、はぁ…」

のろのろとだるい身体を動かし、四つん這いになる。西条は歩の腰をやりやすい角度に変え、再び勃起したモノを埋め込んできた。

「んん…っ、ぅ…っ」

まだ敏感な内部を性器で擦られ、鼻にかかった声がこぼれる。

西条は今度は自分の快楽を追うためだけに腰を動かしてきた。それでも十分気持ちよくて、歩は浴室内に響き渡るような声を出した。

「前はさ…、一人の奴とずっとやってたら飽きるって思ってたけど…」

乱れた息遣いの中、西条が独り言《ひとりごと》のように呟く。

「ぜんぜん飽きねーもんだな…、は…。むしろハマってる気がする…。もうちょい奥まで入れて…いい?」

突き上げる速度が速まった頃、西条が上擦った声で囁いてきた。目を潤ませながら頷くと、西条が根元まで性器を入れてくる。深い部分を抉《えぐ》られ、肉を打つ音が響き渡る。

「んっ、ふ、ぅ…っ、はぁ…っ、はぁ…っ」

一度達したはずなのに、西条に中を揺さぶられ、欲張りな身体はまた次の頂上を目指している。西条が自分と抱き合うのが好きだと言っている。嬉しくて精神的な喜びが込み上げてくる。

「く…っ、も…限界」

奥をぐりっと擦られ、悲鳴のような喘ぎを漏らした時、西条が腰を引いて、先端を擦った。

「はぁ…っ、はぁ…っ、は…っ」

西条の精液が尻の辺りに吐き出される。歩はひくひくと身体を震わせ、西条を振り返った。射精した後の西条はひどく色っぽい顔をしていて、歩は頭の芯まで熱くなる。

「あー、すげぇ気持ちよかった…」

西条が抱きついて唇を重ねてくる。俺も、と言おうとしたのに唇は長い間ふさがれていた。


浴室から出た後も、西条の部屋のベッドで抱き合った。西条はセックスが好きだと思う。歩が感じる場所はすべて把握されていて、一度始めると何度もイかされてしまう。歩も気持ちいいのは好きだが、西条の熱意を見ていると抱き合うのがすごく好きなんだなと感じる。

それから西条は終わった後、一緒に寝るのが好きみたいだ。マンションにはちゃんと歩の部屋もあるのだが、歩は自室の布団を出したことはほとんどない。いつも西条のベッドで一緒に眠るので、内心もう少し大きなベッドを買ってもらえばよかったと後悔している。ぜいたくな悩みだ。

西条と久しぶりに抱き合った翌日、歩はバイト先の店長に携帯電話をかけた。クリスマスの時に西条に買ってもらった物だ。未だ操作方法は慣れないし、かける相手が少ないのでボタンを押す手がこころもとない。

みゆき通りにあるコンビニでバイトを始めて一年以上が過ぎた。最初の頃はかなり怒られていたが、今ではだいぶ成長した。

「もしもし？　店長ですか？　天野です」

二週間ほど家庭の事情で休ませてもらったことを詫《わ》び、今日から働けると店長の大芝《おおしば》に申告した。ちょうど人手が足りなかったらしく、午後から来てくれと頼まれる。分かりましたと頷き、掃除機をかけてから出かけようとした。

「あれっ」

電話を切ったとたん、チャイムが鳴る。新聞の勧誘だろうか、あれは苦手だ。

「はーい、あ…」

玄関の扉を開けると、目の前に西条の母親が立っていた。珍しい客に驚き、歩は慌てて乱れた髪を直した。

「どうもこんにちは」

西条の母親とは引っ越す前に何度か会っているが、そのたびに緊張してしまう。西条との仲を隠しているのもあって、「息子さんを変な道に染めてごめんなさい」と、いつも後ろめたい気分になるのだ。西条の母親は痩《や》せた気弱そうな雰囲気の、女性で、あまり西条には似ていない。今日はからし色の地味なカーディガンを着て、紙袋を持って現れた。

「こんにちは。連絡もなしにごめんなさいね…」

「い、いえいえ！　どうぞ、上がりますか？」

儚《はかな》げな微笑を浮かべる西条の母に対し、ぎくしゃくした動作で声をかける。歩としては社交辞令のつもりで言ったのだが、西条の母は鷹揚《おうよう》に頷いて中に上がり込んできた。

リビングに西条の母を通し、歩は急いでお茶の仕度をした。おかまいなくと声をかけられたが、失礼があってはならない。冷たいお茶とお茶請けをテーブルに出した。

「すぐに帰りますから。あら、綺麗にしているのねぇ」

西条の母は珍しげにきょろきょろと室内を見渡して呟く。西条の母がこのマンションに入ったのはおそらく初めてだ。西条は母親に対して好意的ではなく、家に招き入れたこともない。心底嫌っているというのではないものの、心配性の母親をうざったく思っているらしい。

「突然ごめんなさい。これ実家に届いた希一宛の郵便物なの」

ソファに腰を下ろした西条の母は紙袋から郵便物の束を取り出してローテーブルに置いた。その中にはやはり同窓会のハガキがあって、歩はつい思い出し笑いをしてしまった。

「それからねぇ…これなんだけど」

わずかにためらった口調で西条の母が紙袋に手を伸ばす。中から取り出された長方形の茶封筒をテーブルの真ん中に置く。茶封筒はけっこうな大きさで、嫌な予感が頭を過《よ》ぎった。

「親類の方からいただいた話なの。希一にお似合いのお嬢さんがいるからって」

静かな口調で西条の母に言われ、どきりとして歩は目を見開いた。

「あのね、私はとてもあなたに感謝してるんですよ。希一が長年の悩みから解放されたのはあなたのおかげだし…。でも孫が見たい私の気持ちも分かってくださいね。できたらあなたから勧めてくれないかしら?」

突然の来訪だけでも緊張するのに、西条の母はさらに恐ろしい話を持ってきた。鈍い歩でも茶封筒の中身が見合い写真だということくらい分かる。ショックを受けて息が止まり、すぐには何も言えないどころか、まともに西条の母の目を見ることもできなかった。

嫌ですと声を大にして言いたかったが、そんな発言をしたら西条と自分の仲を告白しているようなものだ。それに西条の母が孫を見たいという気持ちは痛いほど分かる。

「あ、あ…の…」

「どうぞお願いします。この通りですから」

深々と一礼して西条の母が重ねて告げてくる。頭を下げられて拒否できるほど歩は強くなかった。

「わ…、分かり…ました」

青ざめた顔で呟くと、ホッとした顔で西条の母が顔を上げた。それから先はよく覚えていない。西条の母は歩を褒めるような言葉をいくつか口にし、すぐに帰っていった。ちゃんと見送れたのかもおぼろげだ。西条に見合い話が持ち上がったことで、後頭部を殴られたような衝撃を受けていた。

昨夜までの楽しかった気分が一気に下降し、目の前が真っ暗になった。


その夜コンビニでのバイトを終え帰宅した歩は、うつろな顔で夕食を作り西条を出迎えた。九時頃帰宅した西条は疲れた顔でスーツを脱ぎ、今日塾にクレームをつけにきたとんでもない母親の話をしながら、テーブルに着いた。キッチンカウンターの二人掛けの席は右が歩の定位置だ。西条は箸を手に取り、いただきますと手を合わせる。

そして野菜炒めを一口食べ、目を丸くした。

「……お前、今日何かあったのか?」

食事の手を止めて西条に聞かれ、びっくりして歩は顔を横に向けた。

「え…えっ？」

まさか西条にいきなり自分の気分を当てられるとは思わなかったので、驚きのあまりじっくりと見返してしまった。わざとらしくしょぼくれている時は「うぜぇな」と無視されるのがほとんどなのに、今日に限っては鋭すぎる。むしろ話したくないから気づかれないようにと普通にしていたつもりなのに、何故分かったのだろう。

「どうして分かったの？」

「今日の飯、パンチが足りねぇ」

まさか愛の力だろうかと期待したのに、返ってきた答えはがっくりするようなものだった。西条は変なところで舌が肥えている。

「後で話すよ。今日…西条君のお母さんが来たんだ。郵便物持って」

とりあえず食事中に見合いの話はしたくなかったので、沈んだ顔でそう答えた。西条は一瞬目を見開き、かすかに唸《うな》りながら食事を再開した。

「何か嫌なことでも言われたのか？」

食事を終えてソファのほうに移動すると、探るような顔つきで西条に聞かれた。内心嫌だったが、隠しても仕方ないので渡された茶封筒と郵便物を差し出した。

「西条君に見合い話を勧めてほしいって言われた…」

暗い顔で告げると西条の顔が引きつり、茶封筒と郵便物を受け取る。

「ははぁ、そういう手に出たか……」

西条はどこかおかしそうな顔で茶封筒を受け取り、中を開けることもなく脇によける。

「それでお前暗くなってんのか。断るから安心しろよ。お前が暗くなるとろくなことにならねぇから気ぃつけろって、お前の親父からしつこいほど言われてるぞ。その辛気臭い顔取り替えて来い」

「で、でも…っ、だって」

西条がはっきり断ると言ってくれたのは嬉しいが、男同士でつき合う以上、避けては通れない問題だ。歩は西条が自分以外に目を向けるなんて嫌でたまらない。けれど親の立場からすればいいお嫁さんをもらって孫を作ってほしいというのは至極当然の感情だ。

「西条君のお母さんの気持ちも分かるし……」

「分かったから、何だよ。じゃあ、お前俺が見合いしてもいいのか？」

「嫌だよ！」

反射的に叫んでしまうと、上機嫌で西条が肩に腕をまわしてきた。歩は落ち込んでいるのに、西条はどちらかといえば機嫌がよくなっているのが理解できない。

「嫌なら無視しとけよ。後で俺が送り返しておくから。あのなぁ、誰にでもいい顔なんかできねーぞ。俺もお前の親父から見合い話を持ち込まれたら、その場でへし折るかびりびりに破いてやるから」

西条の言葉についその場を想像して、笑ってしまった。自分と違い、西条なら平気で写真を破くくらいはしそうだ。

「俺に見合い話なんかくるわけないじゃない」

「まぁ、お前のつりがきは寂しい感じだからな」

「つりがきって何？」

きょとんとして尋ねると、西条が黙って髪をぐしゃぐしゃにしてくる。

「どうでもいいけど、気分上げてけよ。暗い顔すんなっつーの」

なかなか気分が浮上しない歩に対して、西条は頬を引っ張ったり脇をくすぐったりと子どもみたいなちょっかいをかけてくる。内心だいぶ気持ちは落ち着いてきていたが、西条がかまってくれるのが嬉しくて黙っていると、ふと気づいた顔で西条がハガキを取り出した。

「しょうがねぇな。じゃあ、これ行ってやるから」

郵便物の中から取り出したハガキは同窓会の誘いだ。まさか西条が了承するとは思っていなかったので、驚きもあいまってパッと顔が明るくなった。

「ホント!?」

「言っとくけど、こんなのマジに行きたくねぇんだぞ。お前のために行ってやるんだからな。そこんとこよーく覚えておけよ？」

「うん、嬉しい！　西条君と一緒に同窓会に行けるんだ！」

すっかり見合いの話など頭から吹っ飛び、明るい気分が戻ってきた。喜び方が露骨だったのか、西条はツボにはまったみたいで肩を震わせて笑っている。

「俺、何着ていこうかな？　西条君は何着てくの？」

西条と二人で出かける同窓会に思いを馳《は》せ、歩は大喜びで抱きついた。


梅雨《つゆ》の時期は洗濯物がたまる一方で、歩の一番嫌いな季節だ。けれど週末は西条と同窓会に出られるので気分は上昇する一方だった。そもそも同窓会自体が初めてで、過剰な期待を抱いていた。中学校しか出ていない歩にとって、同窓会を開いてくれる幹事役の南野《みなみの》は今、神にも匹敵するほど親切な人間だ。

「ところで西条君、同窓会って何するの？」

同窓会が行われる土曜日になり、電車に乗り込んで指定された駅に向かいながら、歩はにこにことして尋ねた。今日の西条は黒いジャケットを着ていて、うっとりするほど格好いい。歩も一応お洒落《しゃれ》してみたのだが、デニムのジャケットは少し子どもっぽく見えるし、感想を聞いてみた西条からも「いまいち」と言われたので諦《あきら》めている。

「お前、行ったことないのか!?」

電車の吊り革につかまりながら西条に仰《の》け反《ぞ》られ、こっくりと頷いた。

「うん、だから一度行ってみたくて。それに前に西条君が俺のこと死んでたと勘違いしてたじゃない？　だから一応生きてるよって証明しようと思って」

「同窓会デビューが二人かよ…。あー余計に憂鬱《ゆううつ》になってきた。おい、今からでも遅くないぞ。道に迷ったことにして、どっか遊びに行こうぜ」

「そんなこと言わないで、俺すごい楽しみにしてるのに」

未だに往生際の悪いことを言っている西条をなだめ、送られたハガキをバッグから取り出して眺める。

「それにしても何で女子のほうが会費が安いの？」

「馬鹿、お前。世の中そういうもんなんだよ。あとな、先に言っとくけど、今何の仕事してるの？　って女に聞かれたら、フリーターって言っとけよ。コンビニとか間違っても言うなよ」

「え、何で？」

「いいからそう言っとけ。詳しく話すな。それから…」

西条は真面目な顔で、あれこれと女性に聞かれそうな質問と答えを歩に教えてくる。何故西条にそんな質問一覧集みたいなものが分かるのか謎だったが、歩は素直に頷きながらそれを頭に叩《たた》き込んだ。西条も同窓会は初めてのはずなのに、歩より情景が想定できているのは不思議だ。

「あとな、同居してることは絶対言うなよ」

最後に西条が言い出した内容は予想外で、歩はびっくりして目を丸くした。

「何で？　言っちゃいけないの？」

同居に関して言ってはいけないなんて思わなかった。もしかして西条は一緒に暮らしていると思われたくないのだろうか。そういえば実家で父も西条との仲を他人に明かすなときつく言い渡してきた。歩も同窓会で西条との仲を公言するほど馬鹿ではないが、同居していることくらいは言ってもいいかと思っていた。

「駄目だ。お前、まだ実家にいることにしとけ」

ちょうど目的地の駅に着いたので、開いた扉から西条と並んでホームに降りる。同居しているのも秘密だし、実家にいることにしておけなんて、やっぱり西条は自分なんかと仲がいいと思われるのは嫌なのかもしれない。そんな歩の考えが顔に出ていたらしく、いきなり西条が後ろから足で蹴ってきた。

「痛いよ！」

「お前、今ネガティブなこと考えてただろ」

「だって西条君が…」

愚痴《ぐち》るように呟くと、西条がため息を吐いて肩を叩く。

「馬鹿、家出てると知ったら遊びに行くとか言われるかもしれねーだろ。防衛だよ、防衛。駅から近いと知ると、平気で溜まり場にする奴いるからな。お前はアホだから、心配だ」

想像した理由とは違って安堵《あんど》したが、西条から見ると自分はそんなに頼りないのだろうかと恥ずかしくなった。

「そんなものなの？」

「そんなものなの」

真面目な顔で力説され、つい笑い出してしまった。笑いながら階段を上っていると、ふいに背後から足音が近づいてきた。

「ピース！　ピースじゃない!?」

中学生の時のあだ名を叫ばれて振り返ると、目を輝かせて立っている若い女性がいた。中学二年生の時から三年生の時まで同じクラスだった佐々木果穂《ささきかほ》だ。十年近く経っているが面影は変わらなくて、会ってすぐに分かった。

「果穂ちゃん…!!　わぁ、久しぶり」

髪の毛をきれいに巻いて、ばっちり化粧もしている果穂は、もうすっかり大人の女性だ。それでも自分のことを覚えていてくれて嬉しかった。

「久しぶりぃ。ピースってば、ぜんぜん変わってないからすぐ分かったよ！　あと……西条君、だよね？」

果穂は歩に向ける態度とはまるで違い、はじらうような笑みを見せて西条に声をかける。その目がきらきら輝いているのを見て、歩はどきりとした。

「ああ。佐々木…だっけ？」

果穂に愛想笑いを返した後、西条が合っているか確かめるように歩に視線を向けた。

「そうだよ！　嬉しい、あたしのこと覚えててくれたんだ！　でもびっくりしちゃったぁ。だってピースと仲良さそうに歩いてるからさ」

果穂は名前を覚えていてくれたのがよほど嬉しかったらしく、はしゃいだ声で歩と西条の背中を押して歩き出した。

「二人が仲良かったなんて知らなかったよ。今日は西条君が来るって南野君から聞いてたけど、半信半疑だったんだ。皆びっくりするよぉ」

「こいつが行こう行こうって、うるせーから仕方なく来た」

改札口に向かって歩きながら、西条がさらりと果穂に返す。横で聞いていた歩としては、そんないかにも嫌々来たみたいな発言をしたらムッとされるのでは、と心配したのに、西条の面倒そうな返事にも果穂は怒るどころか声を立てて笑い出している。

「西条君、変わってないね！」

果穂はすっかり西条に興奮している様子で、歩のほうはちっとも見てくれない。そういえば中学生の時、果穂は西条のことを格好いいと言っていた。十年ぶりに会った級友が相変わらずかっこよければ、こんなふうにテンションが上がってしまうものなのかもしれない。

「あ、あそこにいるの飯田《いいだ》先生じゃない!?」

改札を出たところで果穂が前方にいる中年の男を指差して大きく手を振る。

「せんせーい!!」

はしゃぎまくる果穂の声に気づき、中年の男性が振り向いた。中学三年生の時、担任だった飯田だ。野球部の顧問をしていた教師で、今でも鍛えたいい身体つきをしている。それでも十年の月日が流れ、飯田の頭には白いものが混じっていて感慨深いものを感じた。

「おう、大きくなったなぁ。お前ら」

なつかしい面々に出会い、思わず笑みがこぼれてしまう。同意を求めるように横を向くと、西条は顔中に帰りたいという文字を貼りつかせてため息を吐いていた。

同窓会が行われた店は歩も利用したことのある有名な居酒屋だった。

和室の広い部屋を障子で区切ってくれたので、同窓会会場の二階はほぼ貸しきり状態になっていた。集まった人数は三十六人とけっこう多く、歩はおぼろげな記憶を辿《たど》りながら級友と再会した。十年経って、顔立ちも佇《たたず》まいもまったく変わってしまった子もいれば、ほとんど面構えが変わっていない子もいる。歩などは中学生の時とほとんど代わり映えしないらしく、声をかけた相手全員に「変わってないね！」と口を揃えて言われた。

乾杯の音頭があった後はしばらく西条の隣に座っていた歩だが、一度トイレに行くために席を離れたら、もう居場所がなくなっていて啞然《あぜん》とした。女の子たちは中学生の時の奥ゆかしさを捨て去り、馴《な》れ馴《な》れしく西条の周囲に居座って話しかけている。当時もひそかに憧れている女子は多かったが、あの頃は西条は睨みつけることはあっても笑いかけることは滅多になかった。その西条が愛想笑いの一つでもしてくれるのだから、それは女の子たちも浮かれまくるに違いない。最初は笑って見ていたが、長々と見せつけられるとかなり不愉快だ。

(皆さん、それは俺のですよ!!)

西条の傍《そば》にいる女の子たちを蹴散らして、いっそ叫んでみようか。できもしないことを想像し、歩はサワーを追加注文して気をまぎらわせた。

「西条君、すごいねー」

中学生の時、仲のよかった坂本《さかもと》と飲んでいると、トイレから戻ってきた果穂が頬を紅潮させて歩に話しかけてきた。果穂はリーダー格の女子だったが、今でもその明るい様子は変わりなく、同窓会に来た人たちに分け隔てなく話しかけている。

「でもびっくりしちゃった。ピース、いつの間に西条君と仲良くなったの?」

畳の上にぺたりと座り込み、果穂が笑いかける。果穂はあまり酒に強くないのか飲み始めてすぐに頬が真っ赤になった。歩などはわりと小さい頃から父に無理やり酒を飲ませられてきたので平気だが、隣にいる坂本は三本目のビールでかなり酔っ払っていて、今やテーブルに突っ伏している。

「去年くらいかな? 偶然お隣に住んでて…」

「お隣?」

うっかり本当のことを口走ってしまい、ハッとして歩は固まった。西条に黙っていろと言われたのに、迂闊《うかつ》すぎる。

「お、お隣っていうか近所？　っていうか、え、えっとぉ、ともかく偶然会ってさ！　それで仲良くなったんだ！」

　嘘《うそ》は言っていない、と念じつつ、歩は引きつった笑顔で果穂に答えた。果穂はそれほど気にした様子もなく、ごそごそとバッグから携帯電話を取り出している。

「ピース、ケーバン教えてよ。今、何の仕事してるの？　今も実家？」

「え、あ、え、う、うん。えっとフリーターなんだぁ」

　女性から携帯電話の番号を聞かれるとは思ってもみなくて、挙動不審になりながら果穂と番号を交換した。傍にいた坂本の番号も教えるべきかと悩んでいると、果穂はすっきりした顔で笑い、ポケットに携帯電話をしまった。

「そうなんだ、今不況だもんね」

「果穂ちゃんは？　い、今どこに勤めてるの？」

　西条から何か質問されて困ったら反対に質問し返せと言われたのを思い出し、必死になって質問内容を考える。

「私ね、実は勤めてた会社を先月辞めちゃって。今、資格取りながら就職活動中なんだ」

「そ、そうなんだー…」

　勤めていた会社がどういう職種か聞けば話も広がると思ったのに、辞めたと聞かされて次の質問が浮かばなくなる。そういえば中学生の時は沈黙が怖くて、意味もなくべらべらと喋っていた時期があった。最近は西条としか遊んでいなかったので、こんなふうに焦るのは久しぶりだ。西条とは喋らなくても気にならないし、反対に聞いてほしい話があれもこれも出てきて困るくらいなのに。

「ピースってぜんぜん変わってないね」

懸命に質問内容をひねり出そうとしていると、果穂がおかしそうに笑って歩の肩を押した。

「そ、そう…かな?」

「そうだよ。ピースが焦ってる時ってすごく見てて分かるもん。もうあたしなんかに緊張しなくていいってば」

「そうだよねー…」

果穂が笑っているのでホッとして歩も笑い返し、ちらりと腕時計を見た。もうそろそろお開きの時間だ。二次会もあるみたいだが、西条はどうするのだろうか。

あえて見ないようにしていた西条のいるテーブルへ目を向けると、いつの間にか西条の姿が消えていた。

「ピースは二次会行くの?」

「た、多分行かない…と思う」

同窓会に来るのも嫌がっていた西条のことだから、二次会は不参加だと思うが、あんなふうに女性に囲まれたら気を変えるかもしれない。西条が行くなら歩も参加しようと思い、西条を探すことにした。

　和室から抜け出て、トイレのほうへ向かうと、西条がうつむきかげんで煙草を吸っているのが見えた。喫煙場所の傍にベンチがあり、西条の隣には南野がいる。南野は西条とは小学生の頃から一緒だったと言っていたので、つもる話もあるのだろう。南野は西条ほどではないが、それなりに見目もよく、並んで煙草を吸っている姿は歩から見れば仲のいい友人に見えた。あまり自分を卑下したくはないが、やはり西条と並んでいる時の自分はどこかもさっとしている気がする。

「あ、西条くーん、南野くーん。二次会どうするー？　てゆーか、このままどっか四人で行かなーい？」

　遠目から西条たちを見ていると、トイレから出てきた女の子二人が煙草を吸っている西条と南野に甘ったるい声をかけていた。明らかに西条狙《ねら》いと分かる女の子の媚《こび》を含んだ態度に苛立ち、歩は怒った顔で四人に近づいた。

「俺パス。疲れたからもう帰る」

　女の子の邪魔をするぞ、と思って近づいたのに、先に西条が低く呟き、吸っていた煙草を吸い殻入れに落として断るのが聞こえた。

「えー、そんなこと言わないで行こうよぉ」

「そうだよ、せっかく久しぶりに会えたのにぃ」

「行かね。じゃあな、南野」

西条は南野に声をかけ、ベンチから立ち上がって歩き出した。すぐに歩の姿に気づくと、うなじをガリガリと掻《か》いた。

「二次会、もちろん行かねーよな？」

念を押すように西条に睨みつけられ、急いでこくこくと頷いた。西条は女性に囲まれて楽しくやっていると思ったのに、ひどく不機嫌なのが分かってしまった。そもそも最近禁煙していたはずなのに、煙草を吸っている辺りでもう西条の許容範囲を超えているのが見てとれる。

「もうお開きだよな」

西条と一緒に和室に戻ると、予約を入れた時間がそろそろ終了ということで、飯田の話を最後にお開きという流れになった。飯田は昔は鬼のように怖い教師と思っていたが、今では人のいい陽気な中年男にしか見えない。自分が成長した証《あかし》のようにも思われ、歩は月日が流れたのを肌で感じた。

最後は拍手で会は終わり、歩は西条と一緒に居酒屋を出て駅に向かった。二次会に参加しない子たちと何となく会話しながら別れ、自宅の最寄り駅で降りる。

「おい、口直しに行くぞ」

二人きりになるなり、西条はぐったりした様子で告げ、駅前の深夜まで開いているコーヒーショップに歩を連れ込んだ。もうすでに十時だが客はそれなりに入っていて、カウンターの席しか空いていない。西条に席をとってもらい、歩は二人分のアイスコーヒーを買い込んだ。

「疲れた」

アイスコーヒーを差し出して席に座ると、不機嫌な声を出して西条がじろりと見てくる。

「すっげー疲れた。マジ疲れた。ハンパねぇ疲れ具合だ、それもこれもすべててめぇのせいだ」

まるで難癖をつけるみたいに西条が疲れた、を連呼してくる。

「で、でも西条君、モッテモテだったじゃない…」

「だから何だ。それがどうした。こっちはな、うざくてキれそうだったぜ。しかもせっかく続けていた禁煙が破られちまったじゃねーか。それくらいストレスがピークだったんだぞ、おいこの落とし前、どうつけてくれんだ」

西条はとにかく八つ当たりしたいみたいで、置いてあったナプキンで紙飛行機を折ってはぶつかるように飛ばしてきたり、尖った革靴で歩の靴を蹴ってきたりと子どもっぽい嫌がらせをしてくる。最初は呆れたものの、女性に囲まれて楽しかったわけではないと思うと気分がすごくよくなって、西条の八つ当たりをニコニコして受け止めることができた。そんな歩が不気味に見えたのか、アイスコーヒーを飲み終える頃には西条の機嫌はだいぶ回復していた。

「はぁ…。もう行かねーぞ、同窓会なんか」

コーヒーショップを出た西条が締めくくるようにそう告げた。

「そうだね。俺も、もういいや。なつかしい友達に会えたのは嬉しかったけど。会うたびにあの頃何の病気だったのかって聞かれるのが困っちゃったし…」

再会した友人たちが同じような質問を繰り返すのにはさすがに辟易《へきえき》した。中学三年生の頃、日常生活も困難なほど感覚が研ぎ澄まされていた。人ならざるものの声や姿が見えて、あの頃は苦しくて学校に行けなかった。お見舞いに来てくれた子もいたが、重い病気と思われたくらいげっそりと痩せて死相が顔に表れていた。

「何の病気かって言われても困るよね」

「頭の病気だろ。今も治ってねーよ」

「もう西条君、そろそろその殺伐とした気分、直してよ」

しみじみとして呟いたのに、西条は辛辣《しんらつ》だ。呆れて肩をぶつけると、西条の長い腕が肩に回って体重をかけられる。

「お前が俺の傍を離れるのが悪い。お前の頭が悪い。お前の顔が悪い」

「何だよ、それー」

「ともかくお前が悪いんだ。へらへら女と楽しそうに喋りやがって」

つけ足された言葉に引っかかりを覚え、歩は西条の体重を支えながら笑顔になった。

「西条君も妬《や》いてくれたの？」

歩が感じたように西条も少しは嫉妬してくれたら嬉しい。そう思って聞き返すと、すぐさま頭突きが戻ってきた。

「いったーい!!」

「誰がだ、ボケ」

西条は怒った顔をしていたけれど、部屋に戻ると長いキスをくれた。


しとしとと雨が降りやまない。歩はマンションのエントランスで傘を折り畳み、廊下に水滴を垂らしつつエレベーターに向かった。バイトから戻る帰り道で西条から電話があり、今日は会議があるので遅くなると言われた。寒いから鍋にしようと思ったのだが、西条が遅くなるのでは仕方ない。この雨はしばらく続きそうだから、鍋は今度にしよう。

エレベーターに乗り込み、七階で降りると、ちょうどポケットの携帯電話が鳴り出した。慌てて番号を見ると、見知らぬ数字の羅列だ。歩に電話をかけてくるのは西条か父くらいしかいない。誰だろうと思って出た歩は、耳に飛び込んできた女性の声にびっくりした。

『ピース？　あたし、果穂』

「か、果穂ちゃん？　わ、びっくりした」

女性とは縁がなかった自分の携帯電話に女性から電話がかかってくるとは。

歩はどぎまぎしながら、自宅のドアに鍵を差し込んだ。そういえば同窓会で携帯電話の番号を交換した気がする。同窓会から数週間が経っていて、果穂のことをすっかり忘れていた。

『ピース、今どこにいるの？』

「今ね、うちに戻ったところ」

歩が帰ってきたのが分かったのか、タクがなぁなぁ鳴きながら奥から顔を出す。タクの頭を撫で、玄関で靴を脱ぎつつ答えると、果穂の声が明るくなる。

『ホント!?　よかったぁー。今ピースの家の前なんだ。ちょっと急で悪いんだけど、会ってくれない？　紹介したい人がいるんだ』

「え、今…、えっ!?」

果穂の言葉にぎょっとして歩は飛び上がった。まさか果穂が家の前まで来ているなんて思わなかったので、素直に居場所を告げてしまった。よく考えれば西条に言い含められていて、果穂には実家にいると嘘をついていたのだ。まずい、と青ざめ、歩は廊下をうろうろした。

「え、えっと、えーっと、実は今ちょっと家にいなくて…」

『何言ってんの。今、帰ってきたって言ったじゃない』

「そ、それはそうなんだけど、あのぅ、うー…」

『中に上げてくれなくてもいいよ。ちょっと出てきてくれれば』

果穂が不審気に呟く。こういった時、嘘やごまかしが苦手な歩は、これ以上隠しても余計に変になるとあきらめ、素直に居場所を告げることにした。

「ごめん。実は今、実家出てるんだ」

『あ、そうだったんだ？　じゃあ今からそっち行くよ』

果穂にマンションの場所を教えると、すぐに分かったらしく一度電話が切れた。隠しておけと言われたのに、果穂に教えてしまった。西条に怒られるのは覚悟しておかねばならない。この上は西条が帰ってくる前に果穂の用事を済まさなければ。

（それにしても何の用だろ？　紹介したい人とか言ってたけど）

同窓会で久しぶりに会った級友が、わざわざ家に出向いてくるほどの用事だ。簡単に済むとも思えない。歩は困り果てながらも客人を迎えるためにお茶の用意をした。

実家と今住んでいるマンションがそれほど遠くないこともあって、一時間もするとマンションのチャイムが鳴った。玄関を開けると、薄いピンク色の春コートを着た果穂と、後ろに赤ん坊を抱えた女性が立っている。赤ん坊を見るまでは、近くの喫茶店にでも連れて行こうかと思ったのだが、さすがに乳児がいては言い出せない。ますます何の用で来たのかいぶかしみつつ、歩は中に二人を入れた。タクは見知らぬ二人の客にすっかり怯え、どこかに身を潜めている。

「ごめんね、突然お邪魔しちゃって。でもびっくりしたぁ。ピースってすごいいいところに住んでるのね。フリーターなんて言ってたから、もっとぼろいアパートかと思ってたのに」

リビングに二人を通し、ソファに座らせると、内装をきょろきょろ見ながら果穂が尊敬の眼差しを注いでくる。

「えーっと…、一人暮らしじゃなくて同居してるんだ。俺のバイト代じゃこんなとこ住めないよ…」

西条と暮らしていると言うべきか言わざるべきか悩み、歩はあいまいな顔で二人のために紅茶を出した。

「そうなの？　あ、紹介するね。彼女、片瀬直美《かたせなおみ》さん。前いた会社で知り合った先輩なの。先輩っていっても年は変わらないんだけどね。直美先輩、彼が以前話した天野歩君。ピースって呼んでるんだ」

コートを脱いだところで果穂が連れてきた女性の紹介を始めた。

果穂が伴った女性は、瘦せた切れ長の眼をした綺麗な人だった。色白で陰のある雰囲気で、見つめられると思わず目を逸らしてしまいそうなほど目に力がある。変な話だが、目を合わせた瞬間、西条と再会した時を思い出した。直美はどこか西条と似た印象を持つ女性だ。

「あ、はじめまして。天野です」

「はじめまして。突然ごめんなさい」

抱いていた赤子をあやしながら直美が頭を下げる。抱いている赤子はやっと首がすわったくらいの時期の子で、今はおとなしく眠っている。水色の産着を着ているので男の子だろう。

「それで……？」

二人掛けのソファに座っている果穂と直美を交互に見て、歩は首をかしげた。紹介したいと言われてまさか色恋の話だろうかという懸念もあったのだが、赤子を抱いているのを見たらそれはないと確信した。いくら果穂でも自分に子連れの女性を紹介しないだろう。

「うん、実はね。直美先輩困ってるんだ。いわゆるなんていうの、霊現象ってので。それで思い出したんだけど、ピースのおうちってお坊さんだったでしょ？」

果穂が身を乗り出して言う。一体何ごとかと思ったら、そういうわけだったのか。合点がいって、歩は直美に目を向けた。中学生の頃、果穂には何かの拍子に父がしている稼業の話をしたことがある。きっとそれを覚えていたのだろう。

歩の父は元坊主だ。いろいろやらかしたせいで破門され、今は独立して拝み屋という得体の知れない仕事を生業《なりわい》にしている。霊力は強いものの、節操のないところがあるので、怪しげな裏稼業も引き受けているのが実情だ。

果穂がどうして実家まで来ていたのか、やっと理由が分かった。おそらく父に霊視してもらえないかと思ったのだろう。だがあいにくと父は今、京都に出かけている。

「父さんなら、半年は帰らないかも…。京都のお寺さんにしばらく厄介になってるからって」

京都の寺にはお弟子さんも連れて行ったので、おそらく半年くらいは逗留《とうりゅう》する気なのだろう。くわしくは聞かなかったので、帰る日付けははっきりとは分からない。ふらっと出かけてふらっと帰ってくる人なので、あまり気にしていなかった。

「えー、そんなぁ！」

「父さんに頼みたかったの？　でもやめたほうがいいんじゃない。けっこうお金とるよ、あの人」

果穂は気楽な気持ちで頼めると思っているみたいだが、父はそれほど気前のいい人物ではない。除霊を頼むにも金がかかるし、何よりも客を選り好みするので、歩の友達といえど請け負ってくれるかどうか分からない。

「そんなぁ。直美先輩は母子家庭でがんばってるんだよ。お坊さんなら、助けてくれるのが当たり前なんじゃないの？」

「果穂ちゃん、いいのよ。お留守なんじゃ、しょうがないわよ」

それまで黙っていた直美が果穂に向かって寂しげな微笑を浮かべる。母子家庭と聞き、歩も黙っていられず直美の傍に近づいた。

「あのー、霊現象ってどういう…？　簡単なものならアドバイスできると思いますけど」

中学生の終わり頃から父に指導されてきたので、歩も多少の知識はある。それに母子二人でがんばっているけなげな親子を、何もせずにここで追い返すのも忍びなかった。

「ホント？　そういえばピースも霊感あるんだっけ」

歩の申し出に果穂が飛びついてくる。ふいに果穂の傍にぼんやりとした白い姿が現れ、ぼそぼそと歩に耳打ちしてきた。今日は体調がよくて、神経を集中させれば亡くなった人の霊が見えてくる。この能力はふらつきがあって、いつも見えるわけではない。

「うん…、果穂ちゃんのおじいちゃんが、たまには墓参りしろって」

果穂の祖父だと名乗る老人の霊から聞いた言葉を告げると、よほどびっくりしたのか果穂がソファから立ち上がった。

「うっそ、すっごーい！　ピース、そんな特技あったのぉ？　お墓参りぜんぜんしてなくて気になってたんだぁ。え、今何？　おじいちゃんがいるの？」

「いつも傍にいるって言ってるよ」

果穂の傍には他の霊もいたが、それについては黙っておいた。あまり怖がらせてはいけない。歩は霊を見ることもできるし、話すこともできるが、それを追い払うのは精神的な強さが足りなくてできない。人に話すのも霊に話すのも同じで、相手を説得させる強さが重要だ。歩は気の弱いところがあるので、生霊や悪霊となった存在をうまく取り除くことができない。

「直美先輩、とりあえずピースに話してみたら？　ちょっと頼りない感じがするかもしれないけど、きっと何とかしてくれるよ」

果穂はすっかり歩の力を信じ込んだ様子で、直美に自信ありげに言っている。あまり大風呂敷は広げられないが、とりあえず聞くだけは聞いてみようと思った。直美は逡巡《しゅんじゅん》した顔ながらも、ぽつぽつと話し始めた。

「実は……、家に何かよくないものがいるみたいで、時々変な音が鳴るんです。置いてあった物の場所が変わるのもしょっちゅうで、ひどい時には、物が飛んできたり、ガラスにひびが入ったり……」

直美の話によると、家にいる時に、急にガタガタとテーブルが鳴ったり、置いてあった物が飛んできてあやうく赤子に当たりそうになったりすることが何度かあったらしい。最初は気のせいと思っていたが、最近ひんぱんに起こるので怖くなったという。知り合いからもらったお札やお守りを置いているが、まったく効き目はないし、ひどい時には誰もいないはずの部屋から子どもが駆けている足音までするそうだ。

「引っ越せばいいんでしょうけど、引っ越すお金もないし……。それに家賃が安くてなるべくなら今の場所を出たくないんです。でもこのままだと勇気《ゆうき》にも危険が及びそうで…」

疲れた顔で今までに起きた怪現象を直美は話し、すやすやと眠っている赤子に愛しげな視線を注いだ。子どもの名前は勇気と言うらしい。生後半年程度の健康優良児だ。

「ピース、どう思う？」

果穂が興味深げに聞いてくる。歩はうーんと唸って直美を見つめた。

「家に悪霊が憑《つ》いているのなら、行って視《み》てこなければ分からないですけど……。俺でよければ、ちょっと視ましょうか？　たいしたことはできないかもしれませんが」

母子家庭なのだし、引っ越す余裕もないというなら、少しでも手助けをしてあげたい。そんな気持ちで歩が問いかけると、直美が目を見開いて初めて笑顔になった。

「本当ですか？　よかったらお願いします。でも私お金がなくて…」

「いや、お金はいいですよ。だいたい悪霊とか、俺じゃ祓《はら》えないし……。もしやばそうな霊がいたら、引っ越しを勧めるだけですから」

「それでもいいんです」

安堵した様子の直美が身を乗り出したせいか、眠りから覚めた赤ちゃんが急に泣き始めた。

慌てて直美が立ち上がり、抱いている勇気をあやし始める。

「よしよし、ごめんね」

「よかったぁ、ピース。ありがとうね！　直美先輩を助けてあげて！」

歩が承諾したことで果穂も満面の笑みになっている。自分程度で力になれるならと歩が照れ笑いを浮かべた瞬間、突然玄関のドアががちゃがちゃと鳴り始めて歩は青ざめた。

まずい、西条が帰ってきた。

「あ、同居人さん、帰ってきたの？」

無邪気に微笑む果穂に引きつった笑みを返し、歩は急いで玄関に向かおうとした。だがその前に廊下を歩いてくる足音が聞こえ、聞き慣れた皮肉げな声が聞こえてきた。

「女を連れ込むとは、いい度胸だな」

ネクタイを弛めながら入ってきた西条が室内を一瞥《いちべつ》し、じろりと歩を睨む。西条が帰ってくる前に二人を帰そうと思ったのに、とんだ大失態だ。真っ青になって西条を見返すと、歩よりも早く果穂がびっくりして腰を浮かしかけた。

「西条君!?　同居人って西条君だったの!?」

まさか西条が入ってくるとは思わなかったみたいで、果穂の声は完全に裏返っている。西条は果穂を見てかすかに顰め面になったものの、さすがに怒っていた顔を普通に戻してくれた。

「何だ、佐々木か。そっちは？　…っと」

果穂に対してぞんざいな態度をとっていた西条が、窓際に立って子どもをあやしていた直美に気がついて息を呑む。

「……っ」

直美のほうも西条を見て不自然な様子で固まっている。二人のぎこちない態度に気づき、歩は嫌な予感がして直美を紹介した。

「あの、この人は片瀬直美さんといって果穂ちゃんの前の会社の先輩さんです。えっと…？

二人は知り合い…とか？」

「いや、知らない」

歩の言葉を遮るように告げ、西条は「客が来るなら先に言ってくれ。どうぞごゆっくり」と面倒そうな顔で室内の人間に声をかけて、リビングから出て行った。西条の登場ですっかり果穂は顔を赤らめ、ぽーっとなっている。反対に直美は居心地悪そうな顔をしているし、歩としてはどちらの反応も気にかかる。

「そ、それじゃ、そろそろお暇《いとま》するね」

すでに夜八時を回っていたこともあり、果穂が言い出してくれて二人は帰ることになった。直美の家に行く日にちについては、後でメールで調整しようと決めた。

「また来るね」

去り際に社交辞令とはとても思えない熱心さで、果穂が歩の手を握って告げていったのが心に重くのし掛かった。


二人が帰ると怒られるのを覚悟して、歩《あゆむ》は西条《さいじょう》の部屋のドアをノックした。入れ、と言われたのでおそるおそる入ると、西条はスーツ姿のままでベッドに寝転がっていた。姿の見えなくなっていたタクは、西条の足元で丸くなって眠っている。歩が入ると、西条がちらりと目を向けてきたので、急いで床に正座する。

「西条君、ごめん！　突然押しかけられちゃったから、うまくごまかせなくて家に入れちゃいました。同居のことばれちゃって、ごめんなさい」

怒られる前に先に謝ってしまおうと思い、床に頭をこすりつけ、口早に告げる。てっきり西条に頭をぽかりとやられると思っていたのだが、待っていても一向に拳《こぶし》は降ってこない。窺《うかが》うように顔を上げると、西条は上半身を起こし、頭をぼりぼりと掻《か》いている。

「あの女、何?」

ため息を吐いて西条が告げる。西条は果穂《かほ》を知っているので、あの女というのは片瀬直美《かたせなおみ》のことだろう。そういえば西条と直美は顔を合わせた時、戸惑っている様子だった。やはり知り合いだったのだろうか。

「果穂ちゃんの先輩で、霊現象に悩まされているから助けてほしいって言われたんだけど……、西条君、知り合いなの?」

「……顔見たことある気がしただけ。それより助けるって、お前が助けるのか? お前の親父に任せりゃいいだろ」

ようやく西条が顔を向けてくれたが、かなり不満げな顔だ。歩は気になって立ち上がり、ベッドに腰を下ろした。

「でも父さんは今京都《きょうと》だから無理。ちょっと片瀬さんの家行って見てくるだけだし…。西条君、本当に知り合いじゃないの?」

何でもずばずば言う西条にしては歯切れが悪くて、不安が高まってきた。そもそも勝手に人を入れたのに怒らないのは、何かやましい理由があるからではないか。直美の顔を思い出し、まさかと思いつつ歩は聞いてみた。

「もしかして……つき合ったことある人、とか？」

　半分冗談混じりで尋ねたのに、無言の肯定が戻ってきた。歩は顔を強張らせ、西条の両腕をがっしり摑《つか》んで揺らした。

「西条君！　そうなの!?」

　悲鳴のような声を上げると、西条がうんざりした顔で歩の両脇に手を差し入れ、ベッドに寝転がせてくる。西条はそのまま歩の上にのし掛かってきて、暴れようとする腕をシーツに押さえ込んだ。

「ああ、もうめんどくせーな。分かった、言うよ。ナンパして一回ヤった。それだけだ」

　西条にきっぱりと言い切られ、どきりとして心臓が止まりそうになった。

　考えてみれば再会した時、西条は女関係が非常にだらしなくて、行きずりの女と関係を持つことはしょっちゅうだと言っていた。直美がその過去の一例というのは、ありえないことではないのに、すぐ思いつかなかった自分の鈍さに呆然《ぼうぜん》とした。直美は乳飲み子を抱えていたし、そういった存在とは無縁だと勝手に思い込んでいた。

「い…いつ頃？　どこで？」

　直美と西条が行きずりとはいえセックスをした関係だと知らされ、自然と声が震え、顔が強張ってしまう。

「もうずいぶん前だよ。お前に会う前。つーか俺が節操なしだったの、お前だって知ってるだろ」

「知ってるけど……」

知っていても見知った相手と関係を持ったというのはショックなできごとだった。特に直美のように誰が見ても綺麗《きれい》だと思う女性が西条と関係があったなんて、精神的に打撃を受ける。

「……ナンパしたってことは、西条君ああいう人が好みなの？」

西条は後くされのない相手とだけ関係を持ってきたと以前言っていたが、自分から声をかけるのは多少なりとも惹《ひ》かれるものがあったからだ。歩がじっとりと睨《にら》みつけると、珍しく困った顔で西条が押さえていた腕を外して、ごろりと歩の横に寝転がる。

「好みっつか、美人でヤれそうだったから」

「俺は好みじゃないよね、きっと」

「お前が好みのわけねーだろ。女じゃねーし、って、おい！　ちょ…っ」

無言で枕《まくら》を摑み、西条に激しく叩《たた》きつける。分かっていても西条の答えに傷ついている自分がいる。歩がむきになって枕を振り回していると、軽く舌打ちして西条が枕を奪いとり、抱きしめてきた。

「悪かったってば、しょうがねぇだろ！　お前は好みとかそういうのとは違うんだってば！」

無性に腹が立って両手を振り回そうとしたが、西条に無理やり押さえ込まれて身動きがとれなくなった。それでも悔しくて涙目で西条を睨みつけると、やや強引に唇が重なってくる。こんなのはごまかされているみたいで嫌で顔を背けようとするが、西条はかぶりつくみたいにキスをしてきた。

「ん…っ」

西条の吐息が被さって、身体が密着していく。わずかに唇が離れ、呟《つぶや》き声が聞こえてきた。

「あのな……お前とヤってからは誰ともヤってねぇんだからな…。俺にしてみれば異様な状況…なんだぞ」

ぼそぼそとした声で呟かれ、少しだけ怒りがとけて抵抗をやめた。

目を大きく開けて西条を見上げると、しばらく見つめられ、また唇を吸われた。過去の西条の節操のなさを責めてもしょうがないのは分かっている。けれど現実に西条と関わりを持った女性がいるのはつらかった。しかもその女性を助けるため、少しの間つき合わなければいけない。

「機嫌直して飯作ってくれ。すげぇ腹減った。会議が明日になって腹空かして帰ってきたんだぜ、頼むから飯」

拝むように西条に頼まれ、いつまで拗《す》ねていても仕方ないので夕食を作ることにした。果穂たちが訪れたのですっかり夕食の時間がずれてしまった。

ともすれば落ち込みそうになる気分を無理やり浮上させ、歩はキッチンに立った。

翌日は気分が憂鬱《ゆううつ》だったのもあって、バイト先でミスばかりしていた。

コンビニ業務で歩が一番嫌いなのは宅配便の処理だ。あれこれやることが多すぎて頭がパンクしそうになる。昼間のかき入れ時に限って苦手な仕事がいくつもやってきて、一件ハンコを押し忘れるというミスをやらかしてしまった。

店長の大芝《おおしば》に久しぶりに怒られて、気分はへこむ一方だ。

さらにバイト時間を終えて帰宅する途中、果穂から電話があり、憂鬱な気分に拍車をかけられた。

「ええっ!?　西条君を？」

自宅マンション近くの公園に呼び出され、嫌な予感を抱いて果穂と会うと、とんでもない告白をされてしまった。

「うん、昔の想いが再燃したってゆーかぁ…。だって西条君、昔と変わらず…ううん、昔よりかっこいいんだもん。好きになるの当然じゃん」

かすかに頬《ほお》を赤らめて果穂が唇を尖《とが》らせる。果穂は西条と再会して恋心を自覚したと歩に告白してきた。同窓会の時にやけに熱意を込めて西条を見つめるのが気になっていたので、歩としては恐れていた事態が起きてしまったということだ。

「西条君、彼女とかいるの？」

ベンチに座った果穂は足をぶらぶらさせて歩に尋ねてくる。何とも答えようがなくて歩は冷や汗を掻《か》いた。まさか自分がそうだとは言えないし、いないと言ったらきっと仲を取り持ってくれと言われる。どっちに転んでもろくな結末はない。

「いる……みたいだけど、よく分かんない」

苦し紛れに歩が告げると、果穂がぎゅっと口を結んだ。これで果穂があきらめてくれますようにと願いを込めて見つめ返す。だが果穂はそんなことであきらめる子ではなかった。

「ピース、西条君にアタックするの協力してよ」

「えっ!?」

真剣な顔で迫られて、歩は顔を引きつらせてベンチから立ち上がった。それは絶対にまずい。視線をうろつかせ、ない知恵を絞る。歩は何か断るうまい方法がないか探しながら、ふらふらとベンチに座った。

「で、でも、あのぅ…」

「西条君に彼女がいることくらい、覚悟してたよ。あんなかっこいいんだもん、女の子が放っとかないよね。でもあたしだって負けない。中学生の時は見てるだけだったけど、今は違う。駄目でもともと、可能性ないって分かるまでがんばりたいの。だからピース、協力お願い！今度何でもおごるし！」

「あ、あうう…」

果穂が強い決意を持って立ち上がり、歩の両手を握ってくる。目を白黒させて、歩は果穂の勢いに押されて座っていたベンチから落ちそうになった。

果穂の目はきらきら輝いていて、そんなふうに迫られたらどんな男でもうん、と頷《うなず》いてしまいそうな迫力があった。西条との仲を取り持つために協力なんて相当まずいことになると分かっているのに、どうしても拒否するいい言葉が浮かんでこない。いっそ西条と自分の仲を打ち明けてみようかとも思ったが、自分はともかく西条をホモ呼ばわりされるのは心が痛む。それに言っちゃいけないと父に言われた。

そもそも西条はホモではないし、歩と一緒に暮らしていることだって青天の霹靂《へきれき》みたいなものだ。歩にはどうしても西条と自分の関係を打ち明けられなかった。

「ねっ、お願い！　とりあえず今度おうちに行かせて？　日曜とかどう？　あたし、皆のお昼ご飯作ってあげる。その後は自分で西条君にアタックするから。ピース、よろしくねっ」

両手を合わせて頼み込まれ、ろくな返事も返せないままに週末の約束を取りつけられてしまった。日曜は確かに西条は休みだが、こんな計画を勝手に立てられたと知ったらひどく立腹するのも目に見えている。かといって歩には、やる気満々の果穂を止める強さはない。

日曜のことを考え、重い気分で帰宅して鍋の準備をした。いつもなら煮込みスープを作るところから始める歩だが、今は考える気力もなかったので市販の鍋用のスープを買ってきて材料と一緒に煮込んだ。ちょうどいい頃合に西条が帰ってきたので、二人で鍋をつつくことにした。

「西条君、ちょっとお話があるんだけど……」

鍋の具があらかたなくなったところでラーメンの麵《めん》を入れてかき混ぜながら、歩は深刻な顔つきで西条を見た。西条は腹が満ちて穏やかな顔をしている。言うなら今しかない。

「今日、果穂ちゃんに呼び出されて…、週末来ることになっちゃったんだけど…」

西条の分を小皿によそりながら告げると、案の定西条は嫌そうな顔をしてテーブルを叩く。

「はぁ!?　何で来んだよ、勝手に呼ぶんじゃねぇ」

「う、うう…、俺だって呼びたくなかったけど……っ」

「来るなって言えばいいだろ。何でそんな簡単なことが言えねーんだ、てめぇは」

麺をずるずる啜《すす》りつつ、西条が怖い顔で文句を垂れている。自分の分をよそり、歩は肩を落として小さくなった。

「だって…、果穂ちゃん西条君にアタックするって言うから…。俺、来るなって言えなかったんだよ…」

小声で呟くと、西条の手が止まり、じーっと眇《すが》めた目で見つめられる。おどおどして視線を合わせた歩は、果穂に好かれていると知った西条がひそかに喜んでいたら嫌だなと怯《おび》えた。

「……そんでおめーは果穂ちゃんが俺にアタックするのを横で見てるわけか?」

鍋さえも凍りつくような低い声で告げられ、歩はショックでイスから立ち上がった。

「お、俺だって嫌だよ! でも、それじゃ何て言えばよかった? 果穂ちゃん、西条君に彼女がいるって言っても負けないって言うし、まさか俺とつき合ってるとか言えるわけないじゃん。ホモだって言われてもよかったの!?」

「いいよ」

半ばヒステリックに叫んでしまった歩に対して、西条が何でもないことのように平然とした顔で言い返してくる。一瞬びっくりしてしまって、歩は立った状態でラーメンを啜る西条を覗《のぞ》き込んでしまった。

「い…、いいって、いいの? もしかしたら果穂ちゃん、他の人に言いふらすかもよ?」

「どうでもいいよ。佐々木《ささき》の知り合いなんて俺には赤の他人。同窓会も二度と行かねーし。むしろ何で言わなかったのか、そっちのが気になるね」

思いがけず西条に許可をもらい、歩は呆然としたまま再びイスに腰掛けた。まさか西条が二人の仲を公言してもいいなんて言うとは思ってなかった。嬉しさもあるが、余計にもやもやした気分も高まってきて、歩は混乱した。

「何でそこで黙り込む」

黙ってラーメンを食べ始めた歩に、不満げな顔で西条が箸《はし》を向けてきた。

「……俺、西条君みたいに強気になれない」

果穂に真実を打ち明ける自分を想像してみようとしたが、とても恐ろしくて思い描けない。非難されるのも怖いし、西条を悪く言われるのも嫌だ。どうして西条が簡単にいいよ、と言ったのか分からない。

「キリエには立ち向かっていったくせに」

「あれは……、百パーセント向こうが悪かったから…」

「俺とつき合ってるって佐々木に言うのは違うのか？」

西条に冷たい声で問われて、余計に頭が混乱した。自分でも自分の気持ちが分からず、茶碗のラーメンを胃にかっ込んで、イスから立ち上がる。

「ごちそうさま！　ちょっと一人で考える！」

宣言しないと西条に何もかも暴かれそうで、歩は急いでシンクに汚れた茶碗を置きに行った。西条は何か言ってくるかと思ったが、意外にも黙って歩を解放してくれた。

頭がぐるぐるする。どうしてこんな状態になったのだろう？

歩は自室に引きこもり、混乱した頭で考え込んだ。

明確な自己分析ができないまま日曜がやってきてしまった。

急に事情ができて来られなくなった、と果穂が言い出してくれないだろうか。そんな歩の願いもむなしく、果穂は午前十一時きっかりにマンションのチャイムを鳴らしてきた。

「い、いらっしゃい…」

今日は朝から雨が降っていて、果穂は薄手のジャケットを着ていた。太ももを強調したミニスカートに目が行き、歩は焦って果穂を中に入れた。

「おはよ、ピース。これ、来る途中で買い物してきたんだ。今日はパスタ作るよ」

駅前のデパートのレジ袋を掲げて果穂が笑う。果穂をリビングに通し、持ってきた材料を眺めて何か手伝おうかと申し出た。果穂は持参してきたピンク色のエプロンを身につけて笑顔を見せる。

「いいよ、ピースは座ってて。あと…西条君は？」

果穂はちらちらと廊下の奥にある部屋を見て、気にしている。

「まだ寝てる。そのうち起きてくると思うけど…」

「あたしが来ること知ってるんだよね？」

「う、うん…一応」

西条とは結局果穂についてどうするか決めないまま日曜が来てしまった。もしかして西条は日曜は早々にどこかへ出かけるのではないかと予想していたのに、特に出かける様子もない。果穂が家に来る話をしてから夜はずっと別々の部屋で寝ている。久しぶりに押し入れから取り出した布団はしけっているし、いつも一緒のベッドで眠っていたので、今週は何だか寂しい。

果穂がせっせと料理を作り始めている最中、西条が起きた気配があった。洗面台を使っている音が聞こえ、しばらくすると身仕度を整えた西条がリビングに現れる。

「あ、西条君。お邪魔してまーす」

西条の姿を見たとたん、果穂の声が一オクターブ跳ね上がる。西条はちらりとソファに座っている歩を見た後、果穂に笑いかけた。

「いらっしゃい、今日は飯作ってくれるんだって？　物好きだね」

西条は休日というのもあって、Tシャツにジーンズとラフな格好だ。

「うん。ほら男二人だとあまり手料理とか作らないかなと思って。もうすぐできるから待ってて。あ、西条君ってクリームパスタとか大丈夫？」

「ああ、大好物」

西条が笑いながらキッチンに立って、果穂の手元を覗き込む。並んで立っている二人を見たらやけにお似合いで、歩はきりきりと胃が痛んだ。西条の広い肩幅と果穂の小さな身体を眺めていると、まるで新婚さんのカップルだ。

「よかったぁー」

嬉しそうに笑って果穂が手を動かす。

「つうか、佐々木ってよく男二人の家に来れるね」

横目で果穂を見下ろしていた西条がいくぶん呆《あき》れた声を出した。はたで聞いていた歩は西条の声のトーンが変わったのに気づき、ハラハラしてクッションを抱きかかえた。

「え？」

「女の子一人で、さ。危ないんじゃないの？　家に上がった時点で、何されても文句は…」

「西条君！」

西条が怖い発言をしそうだったので、思わず大声を上げて立ち上がってしまった。果穂と西条が目を丸くして振り返る。

「こ、こっちに来ておとなしく待ってようよ!」

西条が何を言い出すのか不安で、キッチンに立っている西条を強引にソファへ引っ張る。西条は物言いたげな顔で歩を見たが、素直に引っ張られてくれた。

「もうやだなー、西条君たら。ピースがいるもん、心配なんていらないでしょ」

歩が心配するほどには果穂は西条の発言を重く受け止めておらず、軽い調子で声を返してくる。

「へー。だってよ、お前信頼されてんなー」

ソファに腰を下ろした西条がぞんざいな口調で呟く。その隣に腰を下ろした歩は居心地の悪さを覚えつつ、クッションを抱いた。

「お、俺はその……ひゃあっ‼」

——いきなり変な声を上げた歩にびっくりして、料理中の果穂が振り返る。慌てて歩は両手を振り、何でもないとアピールした。

「ご、ごめん。虫がいた気がしただけ。何でもなかった」

強張った顔でフォローすると、果穂が不思議そうな顔でまた背中を向ける。とたんに西条の手が伸びてきて、歩の頬を撫《な》でる。その指先が先ほどと同じように首筋を撫で、胸に降りてきて、歩は焦って腰を浮かしかけた。だがそれを許さず、西条の腕が肩に回り、密着してくる。

「さ、西条君…っ」

果穂に聞こえないように小声で叱責《しっせき》したが、西条は気にせずTシャツの上から乳首を擦ってくる。びくりと震え、歩は息を呑んだ。西条の指先はいたずらするみたいに布の上から乳首を弄《いじ》ってくる。まずい、と思ったとたん、布地の下で乳首が尖《とが》り、息が詰まる。

「……っ」

下手に騒ぐと果穂に見られるかもしれないと思い、歩は心臓を昂《たか》ぶらせて固まった。西条は唇を吊り上げ、歩の乳首を摘《つま》んでくる。

「こういうの、感じるのか…?」

湯が沸騰する音や、包丁で野菜を切り刻む音にまぎれて、西条の囁《ささや》きが歩の耳に潜り込んでくる。爪でカリ、と乳首を引っかかれ、歩はかぁっと耳まで真っ赤にして身を震わせた。西条の指摘通り触ってないほうの乳首までしこって存在を主張している。このままでは下腹部に変化が表れそうで、歩は西条の身体を引き離そうとした。

「西条君…っ、やだ…っ」

小さな声で訴えたのに、西条は素知らぬ顔で乳首を弄っている。必死になって手を押し戻そうとするが、西条は歩の腕をかいくぐって触れてくる。クッションで自分の胸を防御しようとすると、西条がのし掛かってきてスウェットの上から股間《こかん》を握ってきた。

「……っ、お、俺ちょっとトイレ!!」

さすがに耐え切れなくなって、ソファから飛び上がり、トイレに駆け込んだ。西条の愛撫《あいぶ》に慣れた身体は、たったあれだけの行為に形を変えていた。この鼓動を鎮めるまでは、リビングに戻れない。歩は半泣きでトイレットペーパーをカラカラと回した。


トイレから戻ると、ローテーブルの上には可愛らしい昼食が並んでいた。見覚えのないランチョンマットの上には、ベーコンやあさりを使ったクリームパスタがよそられ、その脇にはガラスの小皿に載ったサラダが置かれている。西条と暮らし始めた時、来客が来ることも予想して皿は三枚ずつ買ってあったので、それが早くも活用されたようだ。

「ピース、できたよ。食べよう」

果穂と西条が向かい合って座って待っている。複雑な気分を抱え、歩は西条の隣に腰を下ろし三人揃って食事を始めた。

クリームパスタは彩りも美しくて、まるでどこかの店で食べているみたいだった。フォークとスプーンを使って行儀よく食べる姿は、日常とは少しかけ離れて見える。女の子が一人いるだけで、この部屋はぜんぜん違う空間に生まれ変わった。

「西条君、どう？　美味《おい》しい？」

パスタの味に自信があったのか、果穂は麵をフォークに巻きつけてにっこりと笑う。

「んー、普通」

歩だったらつられて笑顔になりそうなところだが、西条は特に浮かれた様子もなく咀嚼《そしゃく》しながら答えた。

「ふ、普通？」

「不味《まず》くはねぇよ」

果穂は美味しい、という答え以外が戻ってくるとは思っていなかった様子で、西条の手厳しいコメントに呆然としている。西条は食にうるさくて、店で食べていても評価が厳しいのだ。横で聞いていた歩は果穂が怒り出すのではないかとドキドキしたが、意外にも果穂はおかしそうに笑い出した。

「もー西条君って面白い！」

同じ言葉を歩が言ったら、絶対怒るだろうなと思ったが、それは胸に秘めておいた。以前から思っていたのだが、西条は口が悪くてひどい言葉も平気で吐くわりに、言われた当の本人はあまり怒らないのは何故だろう。顔がいいと女性は何でも受け入れてくれるのだろうか。それって理不尽だ。

「ピースは?」

笑顔のまま果穂に聞かれ、考え込んでいた歩は、ハッとしてフォークでレタスを刺した。

「お、美味しいよ! 果穂ちゃんて料理上手いんだねー」

「ホント? よかった」

歩の褒《ほ》め言葉を聞いて果穂も納得いった顔になる。

「そういえば、ね。聞いていい? どうして同居することになったの?」

食事の最中に果穂が興味津々《しんしん》といった顔で尋ねてくる。歩の淹《い》れたコーヒーを飲みながら、西条が意地悪な笑みを浮かべて歩を見た。

「そんなん決まってるだろ。俺とこいつは――」

「お、俺のお金がなかったからだよっ!!」

不穏な気配を察して西条の声を遮って大声でまくしたてる。果穂がぽかんとした顔で歩を見つめた。

「俺がお金なくて西条君ちに居候《いそうろう》してるようなもんなんだ」

テーブルの下で西条の足を小突きつつ、果穂に愛想笑いをする。

「あ、そうなんだ。シェアって安くなるもんね。私も家、出たいなぁと思ってるんだけど、シェアとか確かにいいかも」

歩の答えに大きく頷いて果穂が笑う。そうだよ、そうだよと歩が答えていると、不満げに西条が頬杖をついた。

「そういえばね、あれから優《ゆう》ちゃんとかまみちゃんからメール来たんだ。皆西条君、かっこよかったって褒めてたよ」

話が同窓会の内容に移り、果穂が誇らしげに語る。言われた西条はふーんと気のない返事をしてパスタを平らげた。

「西条君、今日はこの後予定ある？　あのね映画のチケットが二枚あるんだ。一緒に行ってもらえないかな？」

西条の食事が終わる頃合を見計らって、果穂が意を決した様子で切り出した。てっきり歩のいない場所で誘うと思っていたので、これにはびっくりした。食事の遅い歩はまだパスタを半分しか食べ終えていない。

「――俺と佐々木が？　何で？」

コーヒーを口元に運び、西条が薄く微笑《ほほえ》んで問う。西条のそんな挑むような笑みを見たのは初めてで、横にいた歩はどきっとして後少しでフォークを落とすところだった。歩にいつも向ける眼差しとはぜんぜん違う酷薄な印象を与える笑みは、まるで別人みたいで恐ろしかった。多分自分がそんなふうに問われたら、ダッシュで逃げるしかない。けれど果穂はむしろ目を輝かせて西条を見る。

「あたしが西条君を好きだから」

堂々と告げた果穂に驚いて、歩は背筋を震わせた。歩が言えずに隠そうとしているのに対して、果穂は望みのない恋だというのに堂々と立ち向かっている。何重にもショックを受けて、全身が凍りついた。

「ふーん…」

西条は果穂のはっきりした態度はけっこう気に入ったらしい。にやりと笑って果穂のほうに身を乗り出す。

「俺、つき合ってる奴、いるよ。それでも?」

「それでもいいの。駄目でもともとだもん。午後はあたしと遊んで」

西条の冷たい視線を真っ向から受け止め、果穂が頬を紅潮させて告げる。横で見ていた歩は身動き一つできなくて、ただ二人の張り詰めた空気の中で震えるしかなかった。

西条はどうする気なのだろうか。歩がそう思ったとたん、西条がちらりと視線を向けてきた。

どきりと心臓が口から飛び出しそうになる。

「こいつが行けって言うなら、行ってやるよ」

予想外の言葉を投げかけられて、歩は飛び上がりそうになってしまった。決定権を自分に委《ゆだ》ねるなんて、西条は鬼だと思った。この空間は強者だけがいられる場所で、弱虫の歩には荷が重過ぎる。ただでさえあらゆる面で負けている果穂に、駄目だと言える勇気はない。

「本当!? ピースがいいって言ったら行ってくれるのね？　ピース！　お願い!!　西条君に頼んで！」

西条の言葉をほぼ承諾と受け取った果穂が、狂喜乱舞した様子で迫ってくる。嫌だと言いたいがはしゃぎまくる果穂にそんな発言はとてもできなかった。

「え、う、う、あ…」

焦るあまりしどろもどろになって固まっていると、果穂が泣きそうな目で懇願してくる。

「お願い！　ピース！　後でお礼するから！　玉砕覚悟のあたしを可哀想と思って!!」

「で、でも、あの…あの…」

「一生のお願いよ!!　聞いてくれないとあたし死んじゃう！　ピースはあたしが死んでもいいって言うの？　友達ならいいって言ってくれるでしょ？　西条君と一日だけでもいいからデートしたいのよ！」

祈るような手で果穂に頼まれ、どうしても嫌だと言えなくなった。果穂の迫力はすさまじくて、怒濤《どとう》の勢いで懇願されて、しまいにはうんと頷いてしまう。

「さ…西条君…お願いします」

強張った顔で西条を見ると、無表情で見返された。怒っているのを通り越して、西条が自分を見捨てたのが分かって、さーっと血の気が引いた。以前、西条を外に出さないために手錠をかけた時だって、もう少し血の通った顔をしていた。

「いいよ、じゃあ午後は佐々木とデートだな」

見たことがないようなよそゆきの微笑を浮かべ、西条が果穂に笑いかける。鼓動がすごい勢いで跳ねた。とんでもない失態をやらかしたのは間違いない。西条は立ち上がって汚れた皿をシンクに運び、明るい声を出した。

「ちょっと出かける仕度するから、待ってて」

歩の存在など消えてしまったみたいに、西条は果穂にだけ話しかけている。西条の承諾を得て、果穂は天にも昇る心地らしくハイテンションになった。西条が一度自室に消えると、興奮した顔で歩のほうに回り込んでくる。

「やった！　ピース、ありがとう!!　もう大好き、今度絶対お礼する!!」

はしゃぎまくる果穂に握った手をぶんぶんと振り回された。こっちは青ざめ、冷や汗がダラダラ出ているというのに、まったく気づいた様子はない。

さっそく果穂は食べ終えた食器をシンクに運び、出かける仕度を始めた。持ってきた食材の残りを勝手に冷蔵庫に押し込め、化粧直しをしている。歩はいても立ってもいられず、そっとリビングから飛び出すと、西条の部屋のドアをノックした。

「西条君、俺…っ」

悲痛な声を上げた歩の目の前で、ドアが乱暴に開かれる。中から身仕度を整えた西条が出てきて、じろりと歩を一瞥《いちべつ》した。

「……俺が佐々木とラブホ行ってきても、てめぇ文句言うんじゃねぇぞ」

地の底から響くようなどすの利いた声で凄《すご》まれ、歩は涙目で激しく首を横に振った。

「そ、そんな西条君！　お、俺…っ」

「どけ、邪魔だ」

すがりつこうとする歩を張り倒して、西条が玄関に向かう。久しぶりに容赦のない張り手で、床に引っくり返ってしまった。

「どうしたの？　すごい音がしたけど」

廊下の物音が聞こえて果穂が飛び出してきたが、「何でもない、行こうぜ」と、すかさず西条が背中を押して玄関に誘導した。

「西条君…」

歩の途方に暮れた声も虚しく、西条と果穂は楽しげな声を発しながら出て行ってしまった。

残された歩は廊下にへたり込んだまま、立ち上がる気力もなくて悄然《しょうぜん》としていた。

一人になってリビングに戻り、汚れた皿を片づけた。何かしていないと、暗い妄想で目眩《めまい》がする。

（今頃、西条君と果穂ちゃんは…）

何故西条とつき合っている自分が他の女との橋渡しをしてしまったのか。歩は皿を全部洗い終え、憂鬱な気分で考え込んだ。

果穂に迫られて断る理由が思いつかずにあんなことを口走ってしまったが、よく考えれば西条はちゃんと逃げ道を用意してくれていたのだ。西条はちゃんと果穂につき合っている相手がいると言った。落ち着いて思い返せば、西条との仲を打ち明けなくてもいくらでも逃げ道なんてあった。西条の彼女に悪いから駄目だと言えばよかったのだ。何であの時、そんな簡単なことに気づかなかったのだろう。

（俺の中に……もやもやしたものがあったからだよね…）

果穂を騙《だま》しているという罪悪感もあったし、もう一つ今まで目を背けていた理由もあった。

今日果穂と話していて、それがよく分かってしまった。

果穂と話していると、中学生時代の自分が戻ってきてしまうのだ。

今は自分のことを前向きな性格だと思うが、中学生の頃はどちらかといえばいじめられっこで、後ろ向きな性格をしていた。いつも笑顔でいたのは嫌われるのが怖かったせいだし、そもそも西条に憧《あこが》れたのだって他人を歯牙《しが》にもかけない強さに感銘を受けたからだ。

小学生の時、父の職業を知ったクラスの子に変な噂《うわさ》を流され、友達ができなかった時期がある。あの当時の暗くて嫌な気分は今でも思い出したくない。

中学生の時は目立ったいじめは受けなかったものの、なるべく嫌われないようにと神経をすり減らすような日々を送っていた。果穂はクラスでもリーダー格の女子だったから、彼女に嫌われるのは避けなければいけないと本能的に感じていた。幸い果穂は歩を弟のようだと言い、仲良くしてくれていた。

今でもその感覚は根強く歩の中に残っている。

果穂に嫌われるのは恐ろしいことだと理屈ぬきで思い込んでしまっているし、果穂に頼まれて嫌だと思っても断ることができない。

（もう俺って馬鹿だ…。西条君にどうやって謝ればいいんだろう）

　西条からすればつき合っている相手に女性を斡旋《あっせん》されたようなものだ。相当怒っていたし、出掛けに吐き捨てていった言葉通り、果穂と身体の関係を持つことだってありうる。あの怒りようなら、腹いせにやっても不思議ではない。何もなかったとしても、西条が歩の過ちを許してくれるかどうか分からない。最悪、帰ってきた西条に家を追い出されるかも。

　考えれば考えるほどに嫌な考えが浮かんで、歩はキッチンを綺麗にした後はリビングの床を磨き始めた。後悔ばかりが頭に渦巻いた。

（あー、俺の馬鹿、どうしよう…）

　リビングの床を磨き終わり、トイレと浴室の掃除を済ませ、やることがなくなって窓を磨き始めた頃、西条は帰ってきた。

　気づいたらもう窓の外は真っ暗で、時計は夜の十時を回っている。雑巾を握りしめて玄関に走ると、西条が靴を脱ぎ、不機嫌な顔で歩をじろりと見た。

「さ、西条君、俺…っ」

「今、お前の顔は見たくない」

　歩から顔を背け、西条が自室に引っ込んでしまう。

「西条君、ごめん…っ。お願い、何でもするから許して」

　ドア越しに西条に謝り続けたが、返事は返ってこなかった。鍵はかかってなかったのだから、無理やり入ろうと思えば入れた。だがこれ以上西条を怒らせる真似は、歩にはできなかった。

「西条君…、ごめんなさい…」

　虚しく歩の声だけが響き渡る。どうすれば西条の怒りが解けるのか分からなくて、歩はその場にずるずるとしゃがみ込んだ。


　翌日、バイト帰りに果穂から電話があり、西条との楽しかったデートの報告を聞かされた。気分は地を這《は》っていたものの、西条と果穂がラブホテルに行ったかどうかだけは探りを入れなければ心配だった。

「果穂ちゃん、西条君と映画の後、どこ行ったの？」

　事細かに尋ねる歩に勘繰った様子もなく、果穂はあれこれと二人で話したことや夕食を食べた店の話をしてくれる。幸い食事の後はすんなり別れたようで、歩としては安堵《あんど》した。本気で西条が浮気するとは思っていなかったが、はっきり確かめないと馬鹿な自分はついつい邪推してしまう。電話の口調では、果穂は浮かれていても、望みが薄いのは分かっている様子だ。

『西条君の彼女ってどんな人?』

果穂は果穂で、歩から西条の恋人について情報を聞きだそうとする。それに答えられるわけもなく、歩は適当にごまかして果穂との電話を切った。

自宅に戻り、謝罪の気持ちも込めて手の込んだ夕食を作り始めた。鶏《とり》のロール蒸しとカニクリームコロッケ、魚介のにこごりだ。鶏のロール蒸しは鶏肉の中にごぼうや菜の花、それに挽《ひき》肉《にく》を詰めた。アルミホイルで二重に巻き、フライパンで熱する。カニクリームコロッケは破裂しないようにきつね色に揚げる。余った野菜はホタテやむき海老、白身魚と一緒ににこごりにすれば、しばらく楽しめるだろう。残った材料でトマトスープを作り、完成だ。

「タク、西条君の気持ちを和ませてよ」

タクに白身魚を分け与えて頼み込むと、美味《うま》そうな顔をしてにゃあと鳴く。

今日はちゃんと帰ってきてくれるだろうか。そんな歩の不安とは裏腹に、西条はいつも通りの時間に帰宅した。

「西条君、お帰りなさい」

むすっとした顔で帰宅した西条はリビングに入るのをためらったが、いい匂いがしたのだろう。黙ってリビングに入って、仕方なさそうな顔で食卓についた。先ほど特別に白身魚を与えたタクはすっかり満腹になりソファでくつろいでいる。使えない奴だ。

「西条君、昨日はごめんね。俺が悪かった、反省してます。もう二度としないから許してほしい」

西条のためにご飯をよそい、自分の食事は後回しにして懸命に謝り続けた。きっと西条は食べ終わったらまた部屋に引っ込んでしまうだろうから、食べている間しか謝罪できない。

「本当にごめんなさい。俺が馬鹿でした」

西条の横に座ってひたすら頭を下げ続ける。西条は最初は不機嫌な顔で箸を動かしていたが、しばらくするとかっ込むように食べ始め、しまいにはお代わりと言い出した。

「あー…、クソ…、美味ぇ…」

どうやら手の込んだ夕食作戦は成功したらしい。西条の顔から険がとれ、食事に夢中になっている。安堵して歩も食べ始め、本当にごめんと食事の最中も頭を下げた。

「ふー…、美味かった」

食後のお茶を飲み、満足げに西条が呟く。だがその顔が一転して硬くなり、怖い顔で睨まれた。

「お前、本当に反省してんのか？」

鋭い声で問われ、後少しで食べていたものを咽《のど》に詰まらせるところだった。急いで飲み込み、何度も頷いて頭を下げる。

「反省してます。俺が悪かったです」

「……お前、実はあの女に気があるんじゃないだろうな?」

西条と目が合ったとたん、探るような口調で問われ、びっくりして首を横に振る。

「それはないよ! 俺が好きなのは西条君だけだから…っ」

「どうだか。あの女にいいとこ見せようとしたんじゃねーか? 童貞捨てたいとか思ってんじゃねーだろうな」

「そ、そんなこと思ってないってば! お、俺は西条君と違って誰でもいいわけじゃないんだから!!」

「今、なんつった?」

身の潔白を証明したいあまり、不用意な発言をしてしまった。当然西条は腹を立てた顔で身を乗り出してくる。先回りして頭を下げて謝った。

「し、失言でした。でも俺は果穂ちゃんにそんな気持ち微塵《みじん》もないから!」

「……じゃあ、佐々木に俺とつき合ってることを話せ」

「えっ!!」

思いがけない要求を突きつけられ、仰天して身を仰け反《の ぞ》らせた。

「それができない限り、俺はお前を許さない。分かったな」

びしっと指を差され、驚愕《きょうがく》に身体を震わせた。果穂に西条とつき合っている事実を話すなんて、歩には到底できるとは思えなかった。無理だと言おうとしたが、西条に許してもらえないのも困る。

「返事は？」

教師みたいな顔で西条が見据えてくる。

「は……はい、分かりました」

引きつった顔でかっくんと顎《あご》を下げると、西条が満足げに頷いて立ち上がる。

「残り、明日の弁当にして」

去り際にちゃっかり頼んで、西条が自室に帰っていく。歩は果穂との対峙《たいじ》に恐怖を覚え、もう飯も咽を通らなくなっていたのでちょうどよかったかもしれない。

果穂に西条との仲を話す。

想像しただけで身震いがしてきて、歩は頭を抱え込んだ。

果穂からはその後メールがあり、次の日曜日に片瀬の家へ一緒に行くことになった。

西条と果穂のことですっかり頭から抜けていたが、片瀬の家に悪霊がいるかどうか確かめなければならなかった。それが終わったら、果穂には西条との関係を話さなければならない。西条は相変わらずむっつりした顔をしているし、日曜日は刻々と近づくしで気分は重くなる一方だ。

西条とつき合っているのは自分だと告げたら、果穂はどんな反応をするのだろうか。それすらも想像できなくて毎日頭を抱えた。けれどそれをクリアしなければ西条は怒りを解いてくれない。食事はしてくれるものの、それ以外はすぐに自室に引っ込んでしまうし、会話もない。こんな状態は歩も嫌だった。しかも日曜に果穂と会う話をしたら、とどめを刺すように「きちんと話さないと家には上げない」ときっぱり言われてしまった。

果穂にすべてを話さないと、家に上げてもらえないなんて、小学生の子どもみたいな扱いだ。日曜が来るのが恐ろしくてたまらない。

鬱々とした日々を過ごし、とうとう約束の日曜が訪れた。

重い足取りで待ち合わせの場所に行き、果穂と会った。果穂は何も知らずに明るい笑顔で西条の話を振ってくる。すべてが拷問だ。針のむしろにいるようだ。

「あ、次の停留所だよ」

片瀬の住んでいるアパートにバスで向かい、小学校前の停留所で降り立った。果穂は二度来たことがあるらしく、歩の先に立って案内をしてくれた。黙っていると西条の話をされてしまうので、歩は懸命に他の話題を探した。

「果穂ちゃん、片瀬さんの旦那さんって…？」

昨日の雨でぬかるんだ道を歩き、歩は果穂に尋ねた。あまり大声で話せる内容ではなかったらしく、果穂がしっと人差し指を立てる。

「直美先輩に聞いちゃ駄目よ？　誰も知らないんだ。私も聞いたんだけど、言いたくないみたいで聞かないでって怒られちゃったの。先輩が会社辞めたのも妊娠したからで、噂じゃ不倫とか何とか…」

「不倫？」

「名字変わってないし、やましい相手なんじゃないかな。先輩って美人だけど、思い詰めるところがあってさ。不倫相手の子をあてつけで産んだんじゃないかって皆噂してたよ」

果穂の話だと会社であれこれ噂されて、居たたまれなくなって直美は退職したらしい。子どもの父親が誰かは知らないが、一人で子どもを育てるのは相当大変だと思う。引っ越す余裕もないと言っていたし、できるなら力になってあげたい。西条と関係を持ったと知った時は嫌な気分にもなったが、今は無関係なのだし手助けするつもりだった。

「果穂ちゃんって片瀬さんと仲いいんじゃないの……？」

それにしても果穂の話を聞いていると、時々辛辣《しんらつ》な意見も出てきて戸惑う。直美の霊現象を救ってあげたいと思って奔走しているわりに、それほど本気で心配している様子もないし、直美から秘密を打ち明けられるような関係でもない。

「何で？　会社にいた頃は仲良かったよ」

歩の問いに逆に不思議そうな顔で聞かれて、何も言えなくなってしまった。女性同士のつき合いというのはそんなものなのかもしれない。

しばらくして片瀬家が見えて、果穂が急かすように速足になった。約束の時刻を少し過ぎているのが気になるらしい。

「ごめんなさいね、遠くまで来させちゃって」

直美の家は木造二階建てのアパートで、お世辞にもきれいな家とは言いがたかった。六畳と四畳半の部屋は安普請で、隣の部屋のテレビの音が漏れてくるほど壁が薄い。部屋には子どものためのオムツや遊び道具が所狭しと積まれていた。勇気《ゆうき》は今日は座布団の上に寝ていて、歩たちが入ってくるときょろきょろと目を動かした。

「先輩、これ手土産《みやげ》。使ってください」

直美は離乳食のパックや、幼児に使う実用的な小物を手土産として渡している。嬉しそうに受け取り、直美が勇気を抱き上げた。

「果穂ちゃん、抱っこする?」

「わぁ、いいんですか?」

直美と果穂が勇気を抱きながら微笑ましい会話を交わす。その間に歩は室内を見渡し、神経を集中した。どうも歩自身に悩みがあるせいか、なかなか霊視は捗《はかど》らなかった。集中してもすぐに気が散ってしまうし、いつもより感度が悪くなっている。

けれど入った時から感じていたが、ここにはそれほど悪いものはいない。

多分勇気の力だろう。赤子は生気に満ちているし、穢《けが》れを知らない。その明るさが周囲を清浄な空気にしている。子どもはとても空気に敏感で、両親が喧嘩《けんか》していたり、誰かに悪意をぶつけられたりするとすぐに勘付く。その勇気が笑い声を立てている以上、悪霊が居座っているなどというのは考えられないことだった。

しいて言えば誰からもらったのか知らないが、各地から集めたような変なお札が壁に貼ってあるのが気がかりだ。ただの紙切れならともかく、念が入っている札は数が多ければいいわけではない。むしろ神様同士が喧嘩をするので、なるべくなら一つか二つに決めて拝むべきだ。

「天野《あまの》さん、あの…どうですか?」

勇気を果穂に預け、直美が不安そうな顔で尋ねてくる。

「あの、あそこらへんに貼ってるお札とかお守りは神社かお寺に行ってお焚き上げしてもらうといいですよ。あまりあるとよくないんで…。どこのお寺さんでも受け取ってくれるはずだから。でも、他は特に何もないですよ。部屋には何も憑《つ》いてないみたい」

歩が笑顔で答えると、反対に直美は不満そうな顔になる。その表情におや、と思って歩は頭を掻いた。直美は何もいないと言われて納得いかない様子だ。

「でも本当に物が飛んできたことがあるんです、それに変な物音がしたり、足音が聞こえたり…。私が嘘《うそ》を言ってるって言うんですか!?」

直美に険しい顔つきで詰め寄られ、歩は困って眉を寄せた。

「う、うーん…。でも家には何もないから、多分別の理由だと…」

「別の理由?」

「物が飛んできたのは、ポルターガイスト……かなぁ?　あとは…」

じっと直美を見つめ、さらに唸《うな》る。神経を集中して直美を霊視すると、浮かび上がってくる霊がいくつかある。怖がらせるだけなので言えないが、直美には見知らぬ男や女の霊が憑いている。少し覗いただけで事故死した子どもの霊がうっすら浮かんできた。

「片瀬さん……、最近事故の現場とか行きました?」

勇気をあやしている果穂に気づかれないように、小声で歩は直美に問いかけた。

「え?　行ってませんよ、そんなとこ。行って…、あ…」

最初は気味悪そうに歩を見ていた直美の目が、何かに気づいた顔で落ち着かなくなる。

「……花束が置かれていた歩道橋は通りましたけど…。嫌だ、何か憑いてるって言うんですか？　やめてください、気味悪い」

「あー、あのいつも明るく前向きにしてれば離れて行くと思うんで…。あと、私の子どもは勇気君だけだとか言い含めれば、素直に離れると思うんだけど…。小さい子どもだからお母さんが欲しかっただけみたいだし。とりあえず今のところ、俺にはそれしか…」

歩が申し訳なさそうに謝ると、直美も黙り込んでしまう。

「あの…」

直美が口を開いたと同時に勇気が大声で泣き始める。急に泣き出した勇気に焦って果穂が駆け寄ってきた。

「先輩、助けて！」

「おしめだと思う。ちょっと替えていいかしら」

勇気を受け取り、直美が苦笑した。再び座布団の上に置かれ、ぐずる勇気のおしめを直美が慣れた手つきで替えていく。

「はー。あたしも早く結婚して赤ちゃん欲しいなぁ」

にこにこして果穂が勇気を見つめている。

「西条君とか、子ども嫌いそうだよね。どう思う？　ピース」

「ええっ？」

いきなり果穂に話を振られ、一気に憂鬱な気分が舞い戻ってきた。確かに西条が子どもをあやしている姿など、想像できない。

「西条君？」

果穂の言葉にふとした顔で直美が動きを止める。

「うん、この前ピースのおうちで会った男の人、いたでしょ？　中学生の時好きだった人なの。日曜日にピースの家に行ってお昼ご飯を作って、その後西条君とデートしたんだぁ」

果穂は自慢げに西条の話を始めてしまった。この分だとどうやら果穂は直美と西条が関係があったなんて思いつきもしていない。すべて把握している歩にとっては、ハラハラする状況だった。直美はにこりともしないで果穂の話を聞いている。その表情を見れば、直美が果穂の話を面白く思ってないのは手にとるように分かった。

本当に一度関係を持っただけの相手なのだろうか。

「あ、ごめん。お母さんから電話かかってきちゃった。ちょっと外出て話してくるね」

ふいに果穂の携帯電話が鳴り出し、着信名を見た果穂が急いで玄関から出て行った。残された歩は、まだ表情の固まっている直美に黙っていられず口を開いた。

「あ、あの片瀬さんって西条君と……」

そこまで聞いたものの、まさかセックスしたんですかなどと聞けるはずがない。しくじった、と思って口をぱくぱくすると、直美が何かに気づいた顔で歩を見た。

「西条君が言ったの？」

嫌悪を思わせる表情で直美が鋭く問う。失敗した、と感じ歩は青ざめてうつむいた。

「……いいわ、別に。でもあなたの家で西条君と会ったのには、びっくりしちゃった。しかも知らない人だって言われちゃうし…」

「あ、あの…」

「あたしね、西条君と同じ大学通ってたのよ」

予想外の言葉が直美の口から飛び出てきて、歩はびっくりして目を見開いた。西条と同じ大学？　そんな話は初耳だ。

「でも彼って、ぜんぜん覚えてなかったのね。店でナンパしてきた時も、同じ大学だってきっと知らなかったんだわ。呆れちゃう」

薄く微笑んで直美が手早くおしめを替える。

「意外だったのは、彼が同居なんてしてたことよ。誰ともつるまずに一人でいたくせに、あなた一体どんな手を使ったの？　人嫌いの彼と同居するなんて」

値踏みする目で見つめられ、歩は冷や汗を掻いた。いつの間にか勇気は泣きやんでいて、両手をばたつかせている。

「――――ねぇ、この子…西条君に似てると思わない？」

勇気の小さな頭を撫でて直美が目を細めて歩を見る。どきっとして、つい腰を浮かしてしまった。それくらい直美の発言は衝撃的だった。

「な、何言って…、片瀬、さん…」

「浮かれてる果穂ちゃんに教えてあげようかしら…。この子の父親のこと…」

勇気を抱き上げて、直美が背筋がぞくりとくる声で呟く。

一気に血の気が引いて、その場に引っくり返りそうになった。頭がぐらぐらしてまともに勇気を見ることができない。

直美とセックスをしたと西条は言っていた。どれくらい前のことだかはっきりは聞いていないが、勇気の父親が西条なんてことがあるのだろうか？　もう頭がパンクしそうだ。目の前が真っ暗になる思いで、歩は直美の横顔を凝視していた。

その日は果穂と話をするどころではなく、ろくなあいさつもしないままに片瀬家を出て自宅に一目散で戻った。

西条はタクを洗っているらしく、玄関を開けると浴室から格闘している声が聞こえてきた。

「西条君!!」

靴を脱ぐのももどかしく、浴室に駆け込んだ。すりガラスを開けると、泡だらけのタクがぶぎゃーっと叫びながら胸に飛び込んでくる。浴室内には何故かカレーの匂いが充満していて、おそらく何かのハプニングが起きてタクがカレーまみれになったのだと分かった。

「あっつ、いってぇ。こいつ引っ掻きやがって、泡落とすから持ってろ」

肘《ひじ》まで捲《まく》り上げている西条の腕は引っ掻き傷だらけだ。よほどタクが暴れたのだろう。歩がしっかりと押さえたまま差し出すと、西条は容赦なく上からシャワーを浴びせた。タクは最初は暴れていたが、三十秒ほど上からシャワーをかけられると、徐々にうなだれ無言になってしまう。

「それで、ちゃんと言ってきたんだろうな?」

タクの泡がきれいにとれたところでシャワーを止め、西条がちらりと見てきた。ハッと思い出して歩は手の力を抜いてしまい、タクがびしょびしょのまま浴室から飛び出していった。

「それどころじゃないんだよ！　西条君、西条君の子どもが…っ!!」

そういえばすっかり果穂に話すのを忘れていた。だがそんなことより直美の件のほうが一大事だ。

「片瀬さんの子どもの父親、西条君なんだって!! どうしよう、西条君…っ!!」

パニックになって叫ぶと、西条がぽかんとした顔で見下ろしてくる。それからふーっとため息を吐いて、浴室から出る。

「何だ、そりゃ」

バスタオルで濡《ぬ》れた手足を拭《ふ》き、西条がうさんくさげな顔で歩を見る。歩はこんなに焦っているのに西条は平然としていて、傍《そば》にいるこっちのほうが怒りが増してきた。

「何でそんな落ち着いてるの? 片瀬さんの赤ちゃんが自分の子かもしれないっていうのに……っ!!」

「ねぇだろ、そんなの。一度ヤったきりだぞ。それに行きずりの女とやるのに、ゴム使わねーわけねーだろ。病気が怖い」

「そっ、そっ、そ…っ」

あっさりと返されて歩は言葉を詰まらせた。もう頭がぐるぐるしすぎて思考が定まらない。

西条はバスタオルを洗濯機の上に放り投げ、腕を組んで歩を見た。

「最初から話せよ。何でそんな話になったのか」

　西条に促され、今日片瀬家へ着いてからの話をした。全部聞き終え、西条は面倒そうな顔で頭を掻き、ふーんと唸った。

「つうか、それ佐々木への嫌がらせだろ。大体ナンパされて一度ヤったくらいの相手の子、産むか？」

「あ、片瀬さん、西条君と同じ大学だったんだって」

　つけ足すように歩が今日聞いた事実を話すと、驚いた顔で西条が息を呑む。

「それを先に言えよ！」

「ご、ごめん…」

「マジか？　学部が違ったのか…、あークソ、それは失敗した……。ぜんぜん覚えてなかったわ…」

　急にうろたえた顔をする西条に、歩も不安になって腕を摑んだ。

「片瀬さん、西条君のこと好きだったのかも…。そうだとしたら産んでもおかしくないよね」

「いやいや待て、落ち着け。子ども、いくつなんだ？」

「生後半年くらいだと思う。俺もはっきりは分かんないけど」

「半年前なら俺はセーフだろ」

「西条君、赤ちゃんはお母さんのお腹の中に十ヶ月はいるんだよ」

「半年プラス十ヶ月前か……」

ふと黙り込んで西条が浴室を出て行く。怯えた顔でその後ろをついて行くと、西条はベランダに出て、おもむろに煙草《たばこ》を取り出し火をつけた。

西条は一本吸い終わるまで、口をきかなかった。

「可能性としては二パーセントくらいだろ」

ようやく口を開いた西条がそう結論づける。

「な、何それ！」

「やっぱねぇよ。一回きりでゴム使ってそれでも妊娠なんて、俺の精子強すぎだろ。そりゃないとは言わないけど、可能性はほぼねぇよ。大体同じ大学だったなら、ガキ産もうとする時点で俺に連絡するだろ。探そうと思えば住所くらい分かる。そもそも好きな男の子どもだけでも欲しいとか、そんな殊勝な女には見えなかったぜ。そのガキ、本当に俺に似てたのか？」

西条に真面目な顔で問われて、いくぶん気持ちが落ち着いてきた。確かに直美の嘘かもしれない。けれど直美と西条が寝たのは事実だし、直美が西条に対してまったく何の感情もないとは思えなかった。西条と同居している歩に投げかけた言葉には、ほのかに悔しい気持ちが見え隠れしていたのだ。

とはいえあの赤ちゃんが西条に似ていたかどうかは歩には判断できない。直美と目元が似ているな、くらいしか思わなかったからだ。

「でも……。絶対ない、とは言えないんだよね…」

ベランダの手すりに摑まって下の植え込みに目を落とす。西条は二本目の煙草を取り出し、わずかに躊躇《ちゅうちょ》してポケットにしまった。

「分かった、それじゃ次俺も行く」

「え？」

西条がぼそりと呟いて、歩に向かって身体を向ける。

「俺も行って、直接片瀬に聞く。それでいいだろ」

西条にじっと見つめられ、歩は呆然として足を震わせた。自分だったら怖くて絶対聞けないと思うが、西条は直談判するという。その強さに慄《おのの》き、歩は何も言えなくなってしまった。

「で、お前はちゃんと佐々木に言ってきたのか？」

淡々とした声で聞かれ、歩は急に己が恥ずかしくなって手すりから手を離した。

西条は逃げずにちゃんと立ち向かっているのに、自分ときたら逃げてばかりだ。猛烈に恥ずかしくて、自分が駄目人間に感じられた。

「ご、ごめん！　まだ言ってなかった！　い、今から言ってくるからっ」

もういい加減覚悟を決めなければいけない。歩は決意して、これから果穂と会い、真実を話すのを決めた。きっと明日にしようと決めたら、弱い自分はまたずるずると言い訳を探して延ばしてしまうに違いない。

果穂に話して、西条との仲をすっきりさせたかった。

いつまでも弱い自分を引きずっている場合じゃないのだから。


意を決してマンションを飛び出し、携帯電話で果穂に連絡をとった。

今日会ったばかりの相手から再び電話がかかってきて、果穂は不思議そうだった。けれど歩が話があると告げると、家から出てきてくれた。

「どしたの？　ピース」

果穂の自宅は閑静な住宅街にあり、公園も店も近くになかった。仕方なく果穂の家の横にある自販機に果穂を呼び出し、告白する決心をした。果穂は歩の顔つきが思い詰めているのに気づいたのだろう。どこか緊張した顔をしている。

「果穂ちゃん…、俺、今まで果穂ちゃんに言えなかったことがあって」

うつむいて話し始めた歩の前で、果穂がパーカーのポケットに手を入れる。

「俺…、あの、俺…」

いざ話そうと思うと、心臓が飛び出しそうなほど跳ね上がり、口の中がカラカラになった。こんなに緊張したのは久しぶりだ。変な汗は掻くし、果穂に対する恐怖心や嫌な想像で意識が飛んでしまいそうだ。

「な、何よ？　ピース…」

歩の緊張が伝わった様子で果穂が動揺した声を出す。

大きく息を吐き出し、歩は決意を込めて顔を上げた。

大切なものは何かを見失ってはいけない。自分にとって大切なのは、やっぱり西条との関係だ。それを優先させなければ、すべてがおかしくなる。

「お、お、俺、本当は西条君とつき合ってるんだ！　だから…、西条君にちょっかいかけるの、やめてほしい」

一気に言ってしまった後で、かーっと顔が真っ赤になった。ちょっかい、じゃなくて他の言葉にすればよかった、と後悔したが、今さらもう遅い。とうとう言ってしまった、と怯えて果穂を見つめる。怒っているだろうか、ショックを受けているだろうか。歩のそんな予想とは裏腹に、果穂はぽかんとした顔をしていた。その顔を見れば、果穂は歩がそんなことを言い出すとは微塵も描いていなかったと分かる。

「はぁ？　何言ってんの？　ピース」

心なしか果穂の声はトーンが下がり、呆れているようだ。

「だ、だから…、その…、俺、西条君と…」

「もう信じらんない、ピース」

なおも歩が言い募ろうとすると、急に果穂の顔が険しくなった。

「え」

「どうしてそんな嘘言うの!?　ピースがそんな嘘言う人だと思ってなかった、見損なったよ！　友達だと思ってたのに」

激しく憤った口調で叫び、果穂がくるりと背を向けてしまう。今度はこちらがぽかんとする番だ。まさか西条とつき合っているのが嘘だと思われるとは思ってなかったので、かける言葉を見失ってしまう。非難を覚悟していたのに、果穂から見当違いの叱責を受けている。頭の悪い歩は、とっさに何を言い返せばいいか分からなくてその場に固まった。

「もう知らない！」

果穂は怒鳴りながら門を開けてどんどん遠ざかっていく。

「か、果穂ちゃん、待って…っ」

焦って果穂を追いかけたが、玄関を激しく閉める音が聞こえて、とっくに家の中に入ってしまったと分かった。こういう展開は予想していなかったので、歩はしばらくどうしていいか分からずその場でうろうろした。

「う、嘘じゃないのにー…」

小さな呟きが歩の口から漏れる。

歩は途方に暮れて空を見上げた。


しょぼくれて家に戻り、待ち構えていた西条にことの顚末《てんまつ》を話した。

西条は許してくれるだろうかと不安でいっぱいだったのに、果穂の態度を聞いて腹を抱えて笑い出してしまった。相当ツボにはまったのか、ソファに寝転がり、タクの背中に顔を埋めて肩を震わせている。

「そ、そんなに笑わなくてもいいんじゃない？」

「いや、マジ…っ、く、ぷ…っ、ははは！　あー受ける。多分佐々木…、お前に告白されると思ったんじゃねーのか…」

「そうなの？　もう笑い、止めて！　どうせ俺と西条君じゃ釣り合わないよ、信じてもらえませんよ！」

ふてくされて歩がタクを奪うと、西条が珍しく笑顔になって歩を手招きした。

「悪かった、でもいいじゃん。信じてくれなくても、俺とお前がつき合ってるのは事実だろ」

笑われて腹は立ったものの、西条の機嫌が戻ったのはよかった。ここのところずっと西条は顰《しか》め面をしていたので、歩に笑いかけてくれたのは久しぶりだ。

「怒ってたけど、ぜんぶ水に流してやるよ。佐々木にちゃんと言えたからな」

西条が笑って歩の間違いを許してくれる。ホッとして西条の傍に行くと、寝転がったまま西条が甘く見つめてくる。

「キスして」

西条に囁かれ、急に胸がドキドキして歩は頬を赤くした。

こんな端整な男に甘く誘われて、断る女性なんてきっといない。歩は頭の隅でそう思いながら、そっと西条の頭の傍に手をついた。

「ん……」

身を屈《かが》め、西条の唇に唇を押しつける。どこか気恥ずかしくて、そろそろとやったせいか、西条がぷっと噴き出した。

「お前、いつまで経っても遠慮がちだよな」

笑みをこぼしつつ、西条の手が腰に回る。大きな手が背中に回って、歩は西条の胸に頭を載せた。

「ちょっと、誘ってみ。俺のこと。色っぽい言葉でさ」

「えー」

いたずらっぽい声で西条に言われ、ちらりと顔を上げる。

「し……しない？　とか…？」

露骨に告げるのも恥ずかしかったので、もじもじしながらどうにか言葉をひねり出すと、西条はつまらなさそうな顔で歩の頬をべろーんと指で引っ張る。

「可愛いけど、つまらん。もっと勃《た》ちそうな言葉にしろよ。今すぐしたくなるようなの」

「そっ、そんなの浮かばないよ！　浮かんでもきっと言えないよ！」

ほっぺたから西条の手を払いのけ、歩は上半身を起こした。

「その恥ずかしがってるとこは、けっこう俺のツボだぞ。恥ずかしそうにエロい言葉で誘ってくれたらきっとすぐその気になる。ほら、何か考えろって」

歩を追いかけるように西条も身を起こし、そっぽを向く歩の肩に手を回す。

「だから浮かばないって…ひゃわっ！」

密着してきた西条にべろりと耳朶《みみたぶ》を舐《な》められて、思わず引っくり返った声が上がってしまう。

西条はわざと音を立てて耳朶をしゃぶり、歩の胸元に手を這わせる。

「ほら…、言えって」

シャツのボタンを一つずつ外して、西条が囁く。

「な…何て言えばいいの…？」

肩に回った西条の手がもう片方の耳朶をふにふにと弄っている。徐々に落ち着かない気分になってきて、歩はたまった唾《つば》を飲み込んだ。

「そうだなぁ…、西条君のでめちゃくちゃにしてー、とか」

「めちゃくちゃなんて嫌だよ…、西条君、本当にしそうで怖いし」

「俺がいつ、そんなことしたよ」

ムッとした顔で西条の手がシャツの隙間《すきま》から入ってきて乳首をぎゅっと摘む。

「痛…っ」

「いつも気ぃ遣ってやってんだろうが、ああ？　そんなこと言うと、マジでめちゃくちゃにするぞ、こら」

「や…っ」

西条の手が乳首をぐねぐねとこねだす。耳朶を弄っていた手も乳首に伸びてきて、両方を一度に責められた。甘い痺《しび》れが乳首から広がってくる。つい息を詰めて西条の胸にもたれると、歩は目を閉じてはぁっと息を吐き出した。

「……お前って、ケツも感じるけど、乳首も感度いいよな」

ぷくりと尖った乳首を弄りながら、西条が耳元で囁く。絶え間なく乳首をこねられ、歩は目元を潤ませて西条を振り返った。

「め……めちゃくちゃに…しないで」

懇願するように囁き返すと、ぴたりと西条の動きが止まる。西条の視線がついっと横へ逸れてしまった。

変なことを言ってしまっただろうかと不安になると、西条がぐっと腰を押しつけてきて吐息をかぶせる。西条の性器は勃起《ぼっき》していて、自然と歩は身をすくめてしまった。

「勃っちまった…。目ぇ潤ませて言うなよ、すげぇそそる」

唇が重なってきて、歩は耳まで赤くなって目を閉じた。

閉じた唇の隙間をぬるりとしたものが這ってくる。誘うように唇を開くと、西条の舌が口内に潜り込んできた。舌を絡め合うキスになり、歩は体勢を変えて正面から西条に抱きつく形になった。

「んん……」

優しく撫でるように舌を触れ合わせ、唇を合わせていく。西条の首に腕を巻きつけ、ぶるっと身体を震わせた。

「はぁ…、ベッド…行かないの?」

西条の指先はずっと乳首を弄ったままで、嫌でも身体が熱くなっていく。歩が閉じていた目をうっすらと開けて聞くと、西条が笑って乳首を引っ張った。

「ここでしようぜ。そうすりゃお前も、他人呼びたくなくなるだろ」

かろうじて引っかかっていたシャツのボタンを外して西条が言う。ぱっと歩の頬が赤くなったのを見て、西条が唇を吊り上げた。

「でも絶対ソファに引っかけるなよ。これ高かったんだから」

「ひゃ…っ」

ズボンの上から股間を握られ、歩は身体をくの字に曲げた。

「じゃ…じゃあ、タオルか何か持ってくる…」

「そうだ、俺も買ってきたものがあったんだ」

思い出したように西条が呟き、ソファから立ち上がった。嫌な予感はしたものの、互いに一度リビングから出て行った。バスタオルを抱えて歩がリビングに戻ると、西条が部屋から楽しげな顔でオイルの入った瓶と銀色に光るものを持ってきた。

「な、何…? それ…」

ソファにバスタオルを敷いて歩が身を引くと、ローテーブルに丸い輪が連なった金属製のものが置かれる。

「コックリング。佐々木とデートした帰りにムカついたから買ってきた」

着ていた長袖《ながそで》のTシャツを脱ぎつつ西条がさらりと答える。

「コ…ッ、コ…ッ、何？　それ、どういうもの？　俺、つけないよ、そんなの」

怪しげな気配が漂うものに嫌悪感を示すと、西条が脱いだTシャツをソファの背もたれにかけて笑う。

「俺が着けるからいいよ。一度試してみたかったんだ。おい、早く脱げ」

ベルトを外し、西条が次々と服を脱ぎ出す。慌てて歩も衣服を脱ぎ捨てた。西条の性器はすでに興奮していて、全裸になると顔が熱くなるほど反り返っていた。

「向こう向いて跨《また》がれ」

ソファに横たわった西条に指示され、西条の顔に下腹部を向ける形で跨がった。ソファを選んだ時、家具屋でやけに西条がソファに寝転がっていたのを思い出し、まさかこういう行為をするためじゃなかろうかと歩は勘繰った。

「萎《な》えないと装着できないから、口でイかせて」

「う、うん…」

西条に言われて、勃起した性器に舌を這わせる。同時に西条が歩の尻のはざまにオイルを垂らしてきた。

「ね、ねぇ…西条君。今からでも遅くないよ、ベッドに行かない?」

ソファは狭くて、西条の上に跨がって四つん這いになった歩の膝《ひざ》は、西条の上半身を挟むような形になっている。

「確かに狭いな…でも、できるだろ」

ずぷりと西条の指先が蕾《つぼみ》に潜り込んでくる。ひくんと腰を蠢《うごめ》かせ、歩は西条の太いモノを口に銜《くわ》えた。咽の奥まで呑み込んで、ずるーと先端まで引き抜く。西条の性器は大きくて、膨張すると頬張るのが大変だ。

「んん…っ、は…っ」

西条は歩の勃起した性器には触れずに、ひたすら尻の穴を広げる行為に没頭している。オイルで濡れたすぼみに指を潜らせ、襞《ひだ》をぐるりと撫でる。歩の緊張が解けていくと指を増やし、中で指を開いてくる。

「う…っ、は、ぅう…っ、く」

舌先で撫で回すように西条の性器の先端を刺激するが、尻への刺激が続いているので、ともすれば止まってしまいがちになる。けれど歩の手の中で西条の性器はますます膨れ上がり、興奮の度合いを伝えてきた。

「最近、俺お前のケツ見ると興奮するようになったんだよな」

両方の指で穴を広げ、西条が上擦った声で呟いた。どきりとして歩が太ももを震わせると、西条の指が根元まで入ってきて一番感じる場所をこりこりと弄ってきた。

「ひゃ…っ、あ」

西条の性器に頬を押しつけ、甲高い声を上げる。

「ここに入れること想像すると、エロい気分になる」

二本の指をずっぽりと中に入れ、西条が吐息をこぼした。長い指で奥までかき回され、歩はびくびくと悶《もだ》えて西条の性器を握った。西条の言葉で、自分まで入れられるところを想像してしまった。

「お前もすげぇ濡れてるな。つか口が止まってる」

ぴしゃりと尻を叩かれて、胸を喘《あえ》がせながら西条の性器を頬張った。張った部分に舌を這わせ、舐め回す。先ほどから身体の奥を弄られ、先走りの汁が歩の下腹部から西条の胸辺りに垂れていて、それがひどく恥ずかしくてならない。

「んく…っ、ん、は…っ、はぁ…っ」

オイルを増やされたせいか、西条が中へ入れた指を出し入れするたび、ぬちゃぬちゃと卑猥《ひわい》な音がする。それをかき消すためにも、歩は口に入れた西条の性器を、音を立てて舐め回した。

「あ…っ、ふ、はぁ…っ、あ…っ」

口淫《こういん》している最中に奥を刺激され、徐々に声が甲高くなっていく。西条は意地悪するみたいに尻に指を入れながら袋の部分を舌で優しく舐める。そうされると下半身に力が入らなくなり、泣き声に似た声がこぼれて仕方ない。

「やー…、あっ、う、うー…」

竿《さお》の部分を手で擦り、もぞもぞと腰を揺らした。尻の奥がだらしなく開いているのが自分でも分かった。西条の指が三本入っても痛みを感じるどころか、気持ちよくてたまらない。

「あ…っ、はぁ…っ、あ…っ」

ぼうっとした顔で西条の太いモノに頬摺りし、熱い吐息をかける。

「西条君…、もう入れて…っ」

指で慣らされて、もっと強い刺激が欲しくて我慢できなくなった。握っているモノで突かれたくなり、はしたなくも懇願する。だが西条は指先で内部を刺激して、薄く笑う。

「最初は口でイかせて。もうちょっとでイけそうだから」

西条に促されて、とろんとした目つきで性器を懸命に頬張る。西条は気持ち良さそうな息遣いはするが、まだ達するほどではなくて、必死になって頭を上下した。

「前々から思ってたけど……タクって俺らがエッチしてると近づいてこねーよな…。獣なりに分かってんのかな?」

歩ががんばって口で射精を促している間、西条はどうでもいい話を呟いている。確かにタクは抱き合っていると何故か近づいてこない。

「西条…君…、集中して…っ」

こっちはじれったくて仕方ないのに余裕のある西条に腹が立って振り返り睨みつけた。西条は色っぽい顔で笑って歩の尻を撫でる。

「はぁ…、そろそろイきそう…な気がする」

しばらくしてやっと西条が息を震わせ、歩の尻からずるりと指を引き抜く。絶えず弄られていた下腹部から圧迫感が消え、歩は息を喘がせつつ西条の性器の先端を吸い上げた。

「口の中に出していい…?」

上擦った声で西条が呟き、歩は鼻にかかった声で「ん」と答えた。とたんに西条が激しく息を吐き、歩の口の中に射精してきた。苦くて粘度のあるものが口内に広がり、歩は考える前にそれを飲み込んでしまった。

「はぁ…っ、はぁ…っ、飲まなくていいのに…」

息を荒らげ、西条がどこか照れた声で告げる。歩は西条の性器を口で吸い、舌で先端を綺麗にした。

「ん…」

西条の性器から口を離し、残っていた液体をごくりと嚥下《えんか》する。しばらく西条は気持ち良さそうに息を吐き出していたが、けだるげな顔で上半身を起こした。

「口ゆすいで来いよ、気持ち悪いだろ？」

「平気だけど…」

「俺が平気じゃない。歯、磨いて来い」

西条に嫌がられ、仕方なく身を起こし、口をゆすいでくることにした。勃起したこの状態で歯を磨くのはまぬけな気がすると思ったが、西条が嫌と言うからしょうがない。ふらふらした足取りで洗面所に行き、歯を磨いてくる。二、三度うがいをして、やっと口の中がすっきりした。

「あ、ちょっとお前はまだこっち来るな」

リビングに戻ろうとすると、ソファに座っていた西条から声がかかる。

「何？」

「お前が来ると、勃起しちまう」

ごそごそと背中を向けて西条が何かしている。手持ち無沙汰《ぶさた》でリビングの入り口で待っていると、しばらくして「おおー」と感嘆した声が聞こえてきた。

「装着できた。こっち来て見てみろよ。何かすごくね?」

手招きされておそるおそるソファに近づくと、西条が自慢げに下腹部を見せびらかす。西条の下腹部には金属製のリングが文字通り装着されていた。根元や袋を強調するようにリングが光っていて、歩はかぁっと真っ赤になってしまった。西条の性器は隆々とそびえ、かなり卑猥だった。

「西条君、やらしー…っ」

それがどんな機能を持つものか知らないが、性器を強調したリングは歩の目には露骨過ぎて直視できなかった。

「これ、けっこう気持ちいいわ。来いよ」

怯えて身を引く歩の手を引っ張り、西条が楽しそうに腰を引き寄せる。

「ほら、跨がれ」

嬉々《きき》として西条に促され、視線を西条の下腹部から逸らして跨がった。膝を立てて西条の腰を跨ぎ、肩に手を置く。

「ゆっくり腰下ろして」

性器を支え、西条が歩の腰を撫でる。おずおずと腰を下げていくと、性器の先端が尻のはざまに押し当てられた。西条の性器はかなり張っていて、先ほど出したばかりとは到底思えないほどだった。

「ふ、うー…っ、う…っ」

ずぷりと広げた蕾に性器の先端が突き刺さる。そのまま体重をかけると、ずぶずぶと太いモノが体内に埋め込まれてきた。西条の性器は硬くて、熱くて、歩の息を詰まらせた。

「はぁ…っ、は…っ、ひゃ…っ」

半分ほど性器が入ってきたところで息も絶え絶えになり、西条の肩にぐったりと顔を埋める。

「大丈夫か？」

西条の大きな手が背中から腰に回り、ゆっくりと太ももや足のつけ根を撫でてくる。はぁはぁと息を吐き、歩はぎゅうっと西条の首にしがみついた。

「ま…、待って、まだ…、馴染《なじ》むまで」

気のせいかもしれないが今日の西条はいつもより大きくて、根元まで呑み込むことができない。

「ん、このままでも気持ちいいから、いいよ」

歩の背中を撫でて西条が熱い息を吐き出す。大きな手のひらが脇を揉み、下腹部を撫で回す。つうっと伸びた指先が結合部分を辿《たど》って、びくりと歩は背中を反らした。

「はぁ…っ、は…っ、はぁ…っ」

仰け反って西条との間に隙間ができると、上半身に顔が近づいて乳首をぺろりと舐められた。

「はぅ…っ、う、う…っ」

西条を銜え込んでいる身体はひどく敏感になっていて、舌で乳首を嬲《なぶ》られるだけで大げさなほどびくっとしてしまった。乳首の先がじんと痺れて、甘い感覚を与えてくる。

「やぁ…、あ…っ、あ、あ…っ」

指と舌で両方の乳首を責められる。舌で激しく叩かれ、指先でコリコリと形を確かめられる。それが気持ちよくて、膝に力が入らなくなり、徐々に西条の性器を呑み込んでいった。気づいたら根元まで中に銜え込んでいて、絶え間なく息が吐き出される。

歩の様子を見て、西条が軽く腰を揺さぶり出す。

「や、ぁ…っ、あ…っ、ひ…っ」

ゆさゆさと腰を揺らされ、かぁーっと繋がった場所から熱が高まってきた。乳首を唾液《だえき》で濡らされ、奥を優しく揺さぶられる。たったそれだけの刺激で、歩は我慢できなくなって背筋を震わせた。

「だ、め…っ、イっちゃ…っ、ひ、あ…ッ!!」

強烈な刺激が脳天まで届き、次の瞬間、前から白濁した液を吐き出した。西条が気づいて射精している歩の性器を扱き上げる。残っていた精液が西条の手の動きで吐き出され、そのたびに歩は四肢をびくつかせた。

「はー…っ、はー…っ」

達した衝撃でぐったりして西条の胸に身を預け、激しく息を吐く。西条はタオルで濡れた場所を拭き取り、歩の顎に手をかけた。

「はぁ…っ、は…っ、ん、ん…っ」

まだ息を喘がせる歩の唇を舐め、啄《ついば》むようなキスをしてくる。

「ん、う…」

唾液が絡むようなキスをした後、西条が首筋に舌を這わせて笑った。

「佐々木に見せてやるか？　これ見たら、さすがに信じるだろ」

歩の首筋の柔らかい部分を強く吸って、西条が脇腹を揉んでくる。何度も強く肌を吸われて、歩は甘く呻《うめ》きながら身をすくめた。

「もう西条君…、恥ずかしいから痕《あと》つけないで…」

嫌がって身をよじっても、西条は面白がって肌を吸ってくる。深い部分で繋がっているので、避けようとしてもたいして離れられない。

「嫌？　痕つけられるの」

耳朶をくすぐって西条がじっと見つめてくる。艶《つや》めいた瞳で見つめられると反論できなくなって、歩は観念して西条の唇にキスをした。

「や、じゃないけど…」

歩の答えは西条のお気に召したらしく、嬉しそうに笑って西条が唇を吸ってくる。しだいに深いキスに変わり、西条が腰を揺らしてきた。

「はぁ…、体勢変えていいか?」

熱い吐息をぶつけて西条が囁く。こくりと頷くと脇に手を差し込まれ、ずるりと性器が抜けていった。大きなモノが身体から抜けていって、歩は喘ぐように息を吐き出した。西条はタオルを床のラグマットの上に敷き、そこに歩をあおむけに寝かせ、足を持ち上げてくる。

「入れるぞ」

怒張した性器の先端を押しつけ、西条が呟く。再び硬く張り詰めたモノが入ってきて、歩は息を呑んだ。先ほどまで入っていたせいか、もう一度奥まで入れられるとぞくぞくっと甘い痺れが背中を伝う。

「は、う…っ、う…っ」

ぐうっと深い部分まで性器を埋め込まれ、乱れた息遣いになった。

「気持ちいー…」

西条が吐息をこぼし、腰を動かし始める。すぐに歩の性器も勃ち上がり、律動と共に揺られた。西条は腰をねじるようにして突き上げてくる。

「んっ、んっ、う…っ、は、ぁ…っ」

高く足を掲げられ、歩は鼻にかかった声を上げた。西条の勃起した性器で、感じる場所を断続的に突かれ、しだいに息が上がっていく。

「あ…っ、あ…っ、は…っ、待…っ」

先ほど射精したばかりなのに、西条の性器で突かれていくうちに、また覚えのある熱が戻ってきた。顔を真っ赤にして潤んだ目を向けると、西条が息を吐きながらぐりぐりと奥を刺激してくる。

「ひゃ、あ…っ」

一番弱い部分を擦られ、甲高い声が飛び出る。西条は歩の足を胸につくほど折り曲げ、不敵に笑った。

「お前、ここ弱いよな…。ここ、こうすると…」

ぐりっ、ぐりっ、と奥を強く突かれる。

「ひああ…っ‼」

あられもない声を上げて、歩は爪先をぴんと伸ばした。西条が面白そうに歩の反り返った性器を指ではじいた。

「すげぇ涎垂《よだれ》らす…。またイきそうだな…」

濡れそぼつ歩の性器を手で扱き、西条が穿《うが》つ速度を速めた。西条の言葉通りまた射精しそうになって歩は乱れた息を散らした。

「や…っ、は…っ、あ、あっ」

歩が悶えるように身をくねらせ始めると、西条の動きが急にゆるやかになり、わざと抜けそうなほど先端まで引き抜いてくる。

「ひゃ、ん…っ、う、あ…っ」

そうしたかと思うといきなりぐっと根元まで埋め込み、歩の息を跳ね上げる。翻弄《ほんろう》されて歩が激しく呼吸するのを見て、西条はぺろりと唇を舐めた。

「さ…、西条…くん、ま、まだ硬い…よぉ」

いつもならそろそろ射精する頃なのに、今日の西条は生でしているわりに硬く張り詰めたまま。ずっと入れられ続けて歩は下半身が蕩《とろ》けそうになり、潤んだ目で西条を見上げた。

「コックリング使ってるから、まだまだ持ちそう。お前の中ひくついてる…、ずっと入れてるせいかな。中、ぐちゃぐちゃだ。気持ちいいだろ？　ほら好きなだけ擦ってやるから」

艶めいた笑みを浮かべ、西条が片方の足を持ち上げて角度を変えて突いてくる。とたんに感じる場所に硬いモノが当たり、歩は身悶えて嬌声《きょうせい》を放った。

「やぁ…っ、そこ、やだ…っ」

感じすぎて漏らしてしまいそうな場所を太いモノで突かれ、歩は悲鳴に似た声を上げて身体を離そうとした。それを許さずに西条が激しく腰を律動してくる。

「あー、ここすげぇな…、ぎゅーぎゅー締めつけてくる」

しっかりと足を抱え、西条が腰を回すようにして動かす。電流みたいな刺激が身体中を走り、歩は生理的な涙をこぼして身を仰け反らせた。

「やー…っ、い、や…っ、ねが…っ、ひ、あ、ああ…っ」

ずっと西条のモノで穿たれているせいか、内部はどろどろに蕩け、収縮しているのが分かった。痙攣《けいれん》しているみたいに感じているのを自分では止められなくて、歩はぼろぼろ涙をこぼして喘ぎ続けた。

「や、だ…っ、や、あ…っ、あっ、あっ」

ずぷずぷっと西条が腰を動かすたびに卑猥な音が響く。歩は身をひくつかせ、強烈な刺激にひたすら甲高い声を上げた。

「すっげぇ…、お前これイきっぱなしなのか？　あー…、中すげぇことになってる…っ」

ゆっくりと腰を動かしながら西条が時おり息を詰める。歩のほうはもう何が何だか分からなくなって魚みたいに身体をびくつかせた。

「やだ、ぁ…っ、あー…っ、あー…っ」

穿たれ続けると、電流に似た快感が背筋に走り、そのたびに歩は息も絶え絶えになって悲鳴を上げた。達したのか達してないのか、それすらも分からなくなる。

「もうやだぁ…っ、も…っ、突かないで…っ」

涙でふやけた顔で懇願するが、西条はむしろ興奮した顔で腰を打ちつけてくる。ひどく深い部分まで怒張した性器に擦られ、歩は朦朧《もうろう》とした意識で首を振った。

「エロい顔して…」

歩の顔を見て西条が薄く笑い、入れたまま強引に体勢を変えてきた。ぐりっと内部を擦られ、歩は泣きながら床に肘をついた。西条は歩の身体を背後から抱えるようにして抱き、容赦なく腰を突き上げてくる。

「あー…っ、あー…っ」

激しい突き上げに歩の引き攣《つ》れた声が上がる。西条は歩の尻を広げ、奥へ奥へと入るように腰を律動した。

「そろそろイきそ…、はー…っ、お前ん中…めちゃくちゃ気持ちいい…」

西条が身を屈め、腰を突き上げながら背中を撫で回す。背中から前に回った指が乳首を強めに摘み、歩はびくびくっと腰を震わせた。全身が性感帯になったみたいにどこに触れられても感じてしまった。

「や、あ、あ、あ…ッ」

絶頂に向けて西条が深い部分まで身を埋め、繋がってくる。

「く、う…っ」

かすれた声を放ち、西条が中に熱い液体を叩きつけてきた。同時に歩も身体を痙攣させて四肢を突っぱねる。

「はぁ…っ、はぁ…っ、はぁ…っ」

乱れた息遣いで呼吸を繰り返し、ぐったりと床に倒れ込んだ。こんなに休憩もなく長時間西条に穿たれたのは初めてで、自分の前はどろどろになっている。口の中は渇いて息を吸うのも困難だし、腰から下はもう感覚がない。

「はぁ…っ、は…っ」

西条が大きく息を吐きながら、腰をゆっくりと引き抜く。つーっと西条の性器の先端から糸が伸びた。

「リング使うと、かなり持つな…。はは、お前すごい顔…」

床にぐったりと身を横たえている歩を見下ろして、西条が苦笑する。忘我の状態で横たわる歩に西条が手を伸ばし、濡れた頬を拭《ぬぐ》った。

「お前、感度良すぎて、こっちがはまっちまう…」

濡れた指を舐めて、西条が呟く。西条が何を言っているのかよく分からなくて、ぼうっとした顔を向けると、床に手をついて西条が唇を重ねてきた。


その夜はベッドに移動して、かなり長い時間西条《さいじょう》と抱き合った。

後から聞いた話によると、コックリングは勃起《ぼっき》を持続させるためのアイテムらしい。おかげで昨夜は突かれすぎて起きた時にはへろへろだった。身体は疲れていても、西条と肌を重ねるのは満足感を得られるから好きだ。西条は好きとは決して言わないが、全身で歩《あゆむ》を求めてくれる。特にここのところ険悪な雰囲気だったので、久しぶりに心の底から安堵《あんど》した。

とはいえまだまだ不安は山積みだ。

果穂《かほ》の件もすっきりしたわけではないし、直美《なおみ》の件も不安が募る。内心もう連絡が来なければいいな、と消極的なことを考えている。

おまけにもう一つ、気になっている件もあった。

「だから、うぜぇな。しねぇっつってんだろ」

最近頻繁に西条の母親から電話があり、しょっちゅう喧嘩《けんか》しているのだ。おそらく以前話していた見合い話の件だろう。電話越しに漏《も》れてくる声からは母親がとりあえず会うだけでも会ってくれ、と言っているのが聞こえる。西条はにべもなく撥《は》ねつけているが、また前のように母親に来られたら歩は拒否できない。もしかしたら西条の母親は、歩と西条の仲を勘繰っているのかもしれない。それで見合い話を勧めるのかも。西条との仲を祝福してくれるとはさすがに思ってないが、もしそうだったらやはり落ち込む。

歩の父親は変わった人なので、とやかく言わなかったが、人の親としては世間に後ろ指を差されるような関係は望まないだろう。今さらながら西条の未来を閉ざしている気がして、歩を憂鬱《ゆううつ》な気分にさせる。かといって西条を放せるわけもなく、もやもやした気分だけが高まっていく。

七月に入り、梅雨《つゆ》が明けた頃、歩の携帯電話が鳴った。

なるべくなら敬遠したかった直美からの電話だ。

「また来てもらえます？　昨夜、おかしな現象が起きて…」

切実に訴えてくる直美の話によると、昨夜は不可思議な現象が起きたという。電話じゃ詳しく話せないし、怖いのでもう一度見てくれと言われて、歩は仕方なく頷《うなず》いた。

「何だよ、鬱な顔して。誰からの電話だったんだ？」

憂鬱な表情をしていたのを西条に見咎《みとが》められ、歩は直美から連絡があったのを打ち明けた。

「じゃあ俺も行く」

「ほ、ホントに行くの？」

即座に西条に宣言されて、歩は複雑な思いを抱えた。勇気《ゆうき》が西条の子どもかどうかを確かめなければならないのは歩も分かっている。西条と直美を会わせるのに一抹の不安を感じたものの、翌日仕事帰りの西条と夕食を済ませた後、二人で直美の家へ向かった。

夜になると直美の家の近くは寂《さび》れて、女の一人歩きは危険に思える。駅から遠いと家賃は安くなるから仕方ないとはいえ心配だ。

バスを降り、直美の家のアパートに着くとチャイムを鳴らした。

「はい」

出てきた直美が歩を見てやつれた顔で微笑《ほほえ》む。前回会った時より直美がげっそりとしていて、歩は戸惑った。母子家庭で大変なのだろうか。

「呼び出してごめんなさい、あ…っ」

直美が歩の背後にいる西条に気づき、すっと顔を強張らせる。

「すみません、今日は西条君も一緒なんです」

先に了解を得なかったのは、言うと断られそうだったからだが、ふいうちで西条を呼んだのは嫌なものだろう。あからさまに直美の顔が硬くなった。

「……どうぞ」

帰れと言われるかもしれないと覚悟したが、直美は逡《しゅん》巡《じゅん》したのちに二人を中に入れてくれた。西条と室内に上がり、きょろきょろと辺りを見渡す。

以前お焚き上げしたほうがいいと言ったお札は、一枚を残してほとんどなくなっていた。家の中は特に荒れている様子もなく、勇気はハイハイをして遊んでいる。歩たちが入って行くと勇気の動きが止まり、大きな目がさらに見開かれた。その幼い顔から西条の面影を見出すのは難しかった。

「昨夜、何かあったんですか？」

直美が勇気を抱き上げると、あーとかうーとか言葉にならない声を発している。直美は疲れた顔であえて西条から目を逸らし、昨夜のできごとについて語った。

「来客があったんですけど、その時地震でもないのに部屋が揺れて、そこら中の物が飛んできたんです。それに、見てください。ここ」

直美に言われて覗《のぞ》き込むと、テーブルの足がずれて、擦り傷だらけになっている。

「一瞬でしたけどテーブルが浮いて、すごく危険だったんですよ！」

直美は自分の主張を認めてほしいのか険しい顔つきになっている。うーんと唸《うな》り室内を見渡していた歩の隣で、西条がいくぶん馬鹿にした笑いを浮かべた。

「その来客と喧嘩でもしてぶつかったんだろ」

霊現象には拒否感を示す西条は、はなから直美の話を信じていない。当然直美はカチンときた様子で目を吊り上げ、西条を睨《にら》みつけた。

「私が嘘《うそ》をついてるとでも？」

「夢でも見たんじゃねーか」

平然と言い返す西条に腹を立てて、直美が身を乗り出す。慌ててその間に入り、歩は冷や汗を掻《か》いて二人を落ち着かせようとした。

「あ、あの二人とも、怖い顔しないで！　と、とりあえず――」

「そもそも何で彼が来たのかしら？　私、呼んでませんけど」

西条から視線を逸らし、直美が勇気を布団の上に横たえる。ふっと直美の顔つきが変わり、歩と西条に真正面から向き直った。直美は勇気といる時は母親らしい優しげな顔をしているが、何かのスイッチが入るとどきりとするような怖い顔になる。西条の子どもだと言い出した時もそうで、母親から女性に変わるのだ。

「俺が無理に連れてきてもらったんだよ。同じ大学だったんだって？　悪いけど、俺あんたのことぜんぜん覚えてなかった」

西条が畳の上にあぐらをかいて告げると、直美の目がすぅっと細くなる。値踏みするように西条を見据え、無言になる。

「その子が俺の子だとか言ってるらしいから、確かめに来た」

西条が抑揚のない声で告げると、直美はわずかに驚いた顔になり勇気を振り返る。

「意外ね。放置するタイプに見えたけど」

勇気の産着を撫でながら直美がため息を吐く。

「……天野《あまの》さん、少し席外してもらえるかしら？」

これ以上の会話を歩の前でしたくなかったのだろう。直美が低い声で呟《つぶや》いた。二人の話は気になるが、直美の意見ももっともだったので、歩は腰を浮かして外に出ていようとした。

「お前も、そこにいろ」

立ち上がりかけた歩の手をとって、西条が引き止める。びっくりして歩が動きを止めると、西条がきっぱりと直美に告げた。

「今、こいつとつき合ってるから誤解されるのは困る」

心臓が飛び出してしまいそうな爆弾発言をさらりと西条が言った。まさか直美に直接そんな言葉を吐くとは思ってなかったので、歩は耳まで真っ赤になって口をぱくぱくとした。

「つき合ってるって…」

西条の発言に呆然《ぼうぜん》としたのは直美も同じだ。意味が呑み込めるまで数秒固まり、それから歩を振り返り蔑《さげす》むような顔になった。

「信じられない…、冗談でしょう？　ありえない」

「冗談でこんなこと言えるか。だからそのガキが俺の子かどうかはっきりさせたい」

言葉も発せない歩と違って、西条は淡々とした声で直美と話している。歩はよろけるように再び座り込み、うるさいほど鳴り響く鼓動を必死に鎮めようとした。直美は西条を見つめ、歩を見つめ、――急に顔を歪《ゆが》めた。

「何なの？　あなたたち。気色悪い」

直美の声が鋭く胸に刺さって、歩は息を呑んだ。この状況で覚悟はしていたが、直美の言葉は震えがくるほど痛かった。

「何？　この子が西条君の子だったら、どうするわけ？　認知でもしてくれるの？　養育費でも払ってくれる？　それとも――私と結婚でもしてくれるのかしら」

直美は苛立《いらだ》ちながら言葉をぶつけてきた。尖《とが》った声に勇気がぐずり出す。

「マジで俺の子だったら、養育費くらい払うさ。俺はその可能性は低いと思ってるけどな。つうかこいつから聞いた話じゃ、どうせ佐々木《ささき》に対する嫌がらせだろ？」

「何ですって？」

「きゃぴきゃぴしてる佐々木を見て、ムカついたから意地悪したくなっただけだろ。俺があんたに声かけた時は、もっと派手だったもんな。今は生活苦しいのか知らないけど、だいぶくたびれておばさんっぽくなって」

「西条君!!」

真っ青になって止めたが間に合わず、西条の手ひどい言葉に腹を立てた直美が、拳《こぶし》を震わせて立ち上がる。

「さ、最低！　最低、あんたに何が分かるのよ!!　あたしが果穂ちゃんに意地悪して嘘ついたって言うの!?　違うわよ、この子はあんたの子なんだから！」

頭に血が上った様子で直美が怒鳴り散らす。母親の激昂《げっこう》に触発されて、勇気が甲高い声で泣き始めた。歩はおろおろして西条と直美を交互に見る。

「その子が俺の子だって言うなら、ＤＮＡ鑑定しろよ。そしたらはっきりするだろ。俺の子だったら慰謝料でも養育費でも好きなだけ払ってやるから」

「馬鹿にしないでよ！　いつあんたにそんなことしろって言った!?　私は認知して欲しいなんて言ってないわ、迷惑なのよ!!」

ヒステリックな声で直美が叫んだ時だ。ぶん、と空気を震わせる音がして、目の前をおもちゃが飛んでいった。

「えっ？」

ぎょっとして周囲を見渡すが、おもちゃを投げつけてきた方角には誰もいない。焦って直美を見ると、西条に向かって罵詈雑言《ばりぞうごん》をまくしたてている。相当憤っているのか、直美は憎しみを込めた目で西条を睨み「出て行って！　私の前から消えてよ!!」と咆《ほ》えている。その顔つきは最初に会った時とはまったく違い、まるで般若《はんにゃ》のように恐ろしい。

「どこかへ消えて!!」

直美の叫び声に合わせて、茶碗が壁に叩《たた》きつけられる。今度もどこから投げられたのか分からない。壁に当たった茶碗は粉々に砕け、畳に舞い散った。

「わぁ…っ!!」

ぞーっと背筋が寒くなったとたん、部屋が大きく揺れた。勇気の怯《おび》えた泣き声がピークになり、歩はうろたえて勇気を助けに行こうと立ち上がった。

「危ない!!」

突然耳元で叫び声がして、振り返った瞬間、西条がのし掛かってきた。同時に硬い物が割れる音が室内に響き渡った。畳に引っくり返された歩は、何が起こったか分からず自分の上に覆いかぶさる西条を見上げた。

とぼとと落ちていった。

ふいに今まで揺れていた床がぴたりと止まり、空中を飛び交っていた皿やおもちゃが床にぼとぼとと落ちていった。

「いってぇ…」

「西条君‼」

覆いかぶさっていた西条のこめかみから血が流れていて、歩は真っ青になって悲鳴を上げた。すぐ傍《そば》に割れたガラスの皿が散らばっている。歩を庇《かば》ったのだろう、西条は顰《しか》め面で呻《うめ》いた。

「西条君、大丈夫⁉ ち、血が…っ‼ 片瀬《かたせ》さん、タオル貸してください！」

歩の怒鳴り声に直美が我に返った様子でタオルを持ってきた。白いタオルを西条のこめかみに当てると、血で汚れていく。

「西条君、病院行こう！」

真っ青になって歩が告げると、西条がタオルをこめかみに押し当てたまま首を振った。

「大げさだな、たいした傷じゃねぇよ。そのうち止まる」

「でも…っ」

西条のこめかみはぱっくりと切れていて、見ていて痛々しい。まだ血は止まらないし、無理にでも病院に連れて行かねば。

「ほ…、ほら、嘘じゃなかったでしょ…。やっぱりこの部屋には悪霊がいるんだわ…っ」

西条の怪我《けが》を見て毒気を抜かれたのか、直美は悄然《しょうぜん》とした様子で呟いた。確かに直美の話通り異常な現象が起きた。――だが多分それは悪霊のせいではない。

「あの、今日は帰ります…。西条君、病院に連れて行きたいんで」

ここからすぐにでも立ち去りたくなって、歩は西条に腕を貸して暇《いとま》を告げた。直美は不満げな顔だったが、病院と聞いて引き止めるわけにもいかなかったのだろう。割れたガラスを片づけ始めた。

ろくなあいさつも交わさないまま片瀬家を出て、歩は西条とタクシーに乗ってまだ受けつけている病院に向かった。

幸い西条の怪我は縫うほどのものではなかったので、薬を塗ってガーゼを当てる程度で済んだ。

「西条君、どうしてあんなふうに喧嘩ごしだったの?」

ぐったりして帰宅して、歩は気になっていたことを尋ねた。西条はじんじんした痛みが残っているらしく、リビングのソファに座り顔を顰めた。

「頭に血が上れば、本当のこと言うかと思って」

「西条君……」

呆《あき》れてものも言えず、歩はため息を吐いた。

「片瀬さんと同じ大学なんでしょう？　あんなこと言っちゃって大丈夫…？　ホモだって噂《うわさ》されたら…、まわり回って仕事場に話がいったら…」

嫌な想像が駆け巡《めぐ》って、歩は頭を抱えた。西条が直美に対してきっぱり言ってくれたのは嬉しい半面、何故《なぜ》西条が自分たちのことを隠さないのか不思議でしょうがなかった。言わなくていいものは言わないほうがいい。父に言い含められたせいだけではなく、歩もその考えに同感だった。

他人は興味本位で人の粗《あら》を探っていく。社会的責任など皆無の歩と違って、西条は講師という立場だ。とやかく言われるような危険は冒さないほうがいい。それなのに果穂に対するのと同じく、直美に対しても西条は歩との関係を隠さない。

西条が何を考えているのかまったく分からなくて、歩は不安を覚えた。歩のようなその日暮らしのフリーターと違って、西条は塾講師という責任ある立場なのだから仮に同性愛者という噂が広まったら仕事がしづらくなるのではないか。

結局のところ、西条は昔とぜんぜん変わってないのかもしれない。

自分に未来などないと思い込んでいた時と。

だからこそ、平気で歩との関係性も口に出せるのではないだろうか。

「おい、あの家マジで悪霊いたのか？」

歩の思考を遮るように、西条が薄気味悪い顔で問いかけてきた。直美の家での不可思議な現象を思い出し、歩は唸り声を上げた。

「あれは……多分、片瀬さんがしたこと……だと思う」

ぽつりと歩が告げると、意味が分からないと言いたげに西条が首をひねる。

「ポルターガイストって言うより、念力っていうのかな…。片瀬さんがヒステリー起こしたら物が飛んできたでしょう。時々いるんだよ、そういう力を持った人って」

「霊だけでもうさんくせーのに、念力かよ」

「片瀬さんって情念すごそうだし……、西条君恨まれてるかも…。心配だからしばらく一緒に寝ていい？」

直美は一見物静かな顔をしているが、ヒステリーを起こすことといい、頭に血が上りやすい性格に思える。あれだけ強い力を持っているなら、恨みの念もすさまじいかもしれない。それでなくとも西条はキリエのように粘着質の女性に好かれる傾向がある。しばらく西条の傍にいて、邪悪なものが来たら追い払いたい。

「俺はぜんぜん信じてないけどね。一緒に寝るのはいいよ」

西条は相変わらず目に見えないものは否定したい様子だ。

「もう西条君。じゃあ、あのガラス、どっから飛んできたって言うのさ」

「多分地震が起きたし、テーブルに載ってた物が滑って飛んできたんだな。あるいはあの女が横向いた時でも投げてきたんだろ」

無茶苦茶な理論で西条は説明をしている。西条は自分の中で見たくないものは存在しないと結論づけたらしく、大きく伸びをして洗面所に歯を磨きに行ってしまった。

(何もないといいけど…)

かすかな不安を覚えつつ、歩も洗面所に足を向けた。

西条とまた一緒のベッドで眠るようになって三日が過ぎ、油断した隙《すき》にそれはやってきた。

誰かに呼ばれた気がして眠りから覚め、暗闇に目を向けた瞬間、ぞーっと鳥肌が立って、歩は息を呑んだ。

暗がりにぼうっと白い影が見える。

それは徐々に近づいてきた。ゆっくりと、でも着実に。

やばい、やばいと頭の隅で考えつつも、何故か身動きができない。全身が硬直してしまったみたいに、自分の身体の自由が利かなかった。

白い影はふらふらした動きで歩の前に立ち、じっと歩を見下ろしてきた。

（来ないでーっ）

冷や汗をどっと流し、心の中で叫んでみたが、白い影が屈《かが》み込んできた。

白い影はベッドで眠っている歩の上に乗って、両手両足で歩を囲い込むようにしてきた。肩にかかっていた長い黒髪が垂れて、歩の頬をくすぐる。そんなことがあるはずないと分かっていても、くすぐられる感覚があった。

憎しみを込めた視線にがんじがらめになり、歩は鼓動を速めた。自分の上に乗っている女性が誰だか分かってしまった。

（何で俺に来るの!?）

隣で寝ている西条にではなく、歩に対して恨みを込めて直美が凝視してくる。

「うーん…」

白い影と対峙《たいじ》していた歩の隣で、西条がうめいた。西条はごろりと寝返りを打ち、長い腕を歩に向かって乗せてくる。

その衝動でふっと白い影が消え、歩の金縛りが解けた。

「はーっ、はー…っ」

どくどくと高鳴る鼓動を感じ、歩は強張った身体を動かした。まさか自分に来るとは思っていなかったので、油断していた。ぎくしゃくした腕で西条に抱きつき、揺さぶる。

「さ…、西条君…っ」

「んー？　何だよ…、もう…」

揺さぶられ、西条は眠たげに一度目を開け、歩を抱きしめた。

「寝ろって…」

口の中でそう呟き、歩を抱きしめたまま再び寝息を立てる。すっかり寝入ってしまった西条をもう一度起こすに忍びなくて、歩は落ち着きなく室内を見渡して強張った四肢から力を抜いた。

心の中で懸命に経を唱える。

あれは多分直美の生霊だと思う。本人は気づいていないだろうが、歩に対する負の念がすごくて現れたのだろう。

(でも何で俺？　俺、何も言ってないのに)

直美に対してひどい言葉を吐いたのは西条であって歩ではない。それなのに何故か直美は歩に対して恨みの念を強めている。理不尽なものを感じ、歩は眠れぬ夜を過ごした。

翌日から困った事態になった。歩の体調が悪い日は直美の生霊が現れるようになったのだ。首や肩も重く感じるし、何より気分が晴れなくて憂鬱な日が続いた。眠っていると直美の霊が重くのし掛かり、深い睡眠もとれない。

しかも買い物に出た帰り道、ふだんは使わない道で道路の脇に花束が置かれているのを見つけてしまった。交通事故で亡くなった女性だろう。この世に未練たっぷりで、しくしく泣き続けている霊を見つけてしまった。無視すればいいのに目を合わせたせいで、助けを求めるように歩についてくる。歩の傍は居心地がいいみたいで、説得してもべったり張りついている。

西条に相談しようかとも思ったが、相談したのが原因で直美に怒鳴りに行かれては困る。西条から何か言われたら、きっと直美はもっと歩に負の感情を向けるだろう。

そもそも何も言わなかった歩にこれだけ恨みの感情を向けて来ているということは、直美に自分に対する妬《ねた》みがあるせいだ。もしかしたら西条が自分とつき合っていると宣言したからかもしれない。直美はまだ西条が好きなのではないだろうか。

考え始めるとわけが分からなくなって、余計に頭が痛くなる。

こんな時に限って相談したい父は京都《きょうと》の地だ。

「なぁ、お前最近暗くないか」

西条には何も言っていないが、それでも一緒に暮らしていれば歩の変調に気づくものだ。西条に幾度となく聞かれたが、歩は風邪を引いたと曖昧《あいまい》な答えを返しておいた。西条はこめかみの怪我がすっかり治り、ほんのわずかに痕が残っているだけになった。嬉しいはずなのに、頭が重くて心の底から喜べない。

「もうこれ形が崩れてる！　こんなもの売らないでほしい!!」

スーパーで買い物をしてきた夜、安かった苺《いちご》のパックを開いたら、半分くらい形が崩れていて無性に腹が立った。キッチンで憤って店への文句を言っていると、西条が目を丸くして首をかしげた。

「お前、最近何だか怒りっぽいな」

西条も一緒に怒ってくれると思ったのに、まるでこちらに非があるみたいな言い方をされて、さらに腹立たしくなった。

「だってこんなの詐欺じゃん。上の部分だけ綺麗《きれい》な苺にしてさ、消費者をだましてるんだよ。あそこの店はもう二度と使わない。西条君は俺が間違ってるって言うの!?」

「間違ってるって言うかさ、以前のお前ならジャムにすればいいやとか言ってたじゃん」

「え……」

西条に指摘され、ハッとして歩は黙り込んだ。

そういえば以前は似たようなことが起きても、ポジティブな考えで乗り切っていた気がする。急に自分が駄目な人間に思えて歩は暗い顔つきになった。

「俺……嫌な奴だ…」

泣きそうな顔でうなだれていると、焦った顔で西条が頭を叩いてくる。

「お前、マジで最近かなりうぜぇぞ?」

「ど、どうせ俺はうざいよ!!」

ふだんなら聞き流せる言葉が、今は何故か強烈に心に響いて駄目だった。西条の手を振り払い、自室に引っ込む。部屋に戻って敷きっ放しの布団の上にごろりとうつぶせで寝転がると、歩は突然悲しくなって涙を滲《にじ》ませた。

自分でも訳が分からない。ただ無性に悲しい。

しくしく涙をこぼしていると、ふいに携帯電話が鳴り出した。着信名には父の名が書かれている。鼻をすすりながら電話に出ると、名乗りもせずにため息が聞こえてきた。

『お前、何やってんだ。またすごい憑依《ひょうい》されてるぞ』

呆れた声で呟かれ、歩は鼻をかんでふてくされた声を出した。

「そんなの分かってるよ……。しょうがないじゃん…、俺のせいじゃないもん…」

『どうせお前のことだ、また何か使命感に燃えて見当違いの空回りをしてるんだろ。何の力もないのに、誰かを救おうとするなんて考えるな。いいか、お前は…』

「うるさいな!!」

父の言葉にカチンと来て、思わず怒鳴り声を上げてしまう。自分はこんなに一生懸命やっているのに、父はまるで理解してくれない。それどころか歩を馬鹿にする言葉を吐いている。それがたまらなく腹立たしくて、歩は大声で叫んだ。

「俺だってがんばってるんだよ!! もう放っておいてよ!! 自分で何とかするから!」

『お、おい、お前なぁ…』

「さよなら!」

返事も聞かずに携帯電話を切ると、電源を落としてその辺に放り投げる。

しばらくは憤ったまま寝転がっていたが、時間が経つにつれ、父の優しさを無にしてしまった思いで落ち込んだ。父は心配して電話をかけてきてくれたというのに、ひどい言葉を投げつけてしまった。何て親不孝な息子だろう。

考えれば考えるほど泣けてきて、歩はタオルケットを被って鼻をすすった。最近西条と寝るのをやめて、自分の部屋で過ごしている。直美の霊が西条に害を及ぼさないようにと考えた末の決断だ。ちょうど暑くなったのもあって、西条は特に反対はしなかった。

一人でいるとひどく寂しい。西条は冷たい男だ。何故歩がつらく思っているのに、放っておくのだろう。

頭がぐちゃぐちゃになってきて、歩はタオルケットで涙を拭《ぬぐ》った。

夏だというのに、気分は重い。毎夜枕元に現れる霊のせいで、体調がすぐれなくてバイトも休みがちになった。いっそ直美に直談判しようと思ったが、着信拒否されて心が萎《な》えた。

やっぱり直接話すのは歩にも大きな勇気が必要となる。

悩んでいた歩の元に、久しぶりに果穂から電話で連絡があった。正直に言えば果穂と話す気分ではなかったのだが、のっけから『この前はごめんね』と謝られたので、話を聞く気になった。

『ピース、あたしのためを思ってあんなこと言ってくれたんでしょ？』

身体がだるくてベッドで眠っていた歩は、果穂の見当違いの言葉に目を丸くした。

「え？」

『直美先輩から聞いたの。西条君って、遊んでるんだって？　女の子食いまくってるって……。直美先輩も一回誘われて……強引にされたんだって。ピース、知ってたのね』

果穂は直美から聞かされた話を、嫌悪感を込めて語っている。聞いていた歩はぞっとして黙り込んだ。直美が果穂にそんな話をするとは思ってなかった。

『西条君、モテるだろうなって思ってたけど、そんなふうに女の子にひどいことする人だなんて知らなかった。直美先輩……あたしが西条君を好きだって知ってたから言い出せなかったんだって。でも言ってくれてよかった』

「西条君は、その…、そんな人じゃ…っ」

直美が西条を悪し様《あ》に言ったのは、果穂に対するけん制もあったのではないだろうか。歩はもう分からなくなって頭がぐるぐるした。何だかまるで西条が直美をレイプしたみたいな話になっている。

『いいのよ、もう。あたし、それほど入れ込んでなかったし』

果穂の言い分は強がりにしか聞こえなかったが、さすがに直美と関係したのを知って、それでも好きとは言えなくなったのだろう。

『考えてみればあたしの時も、彼女いるのに平気でつき合うしね。西条君って顔はいいけど、ひどいよね』

「え、でもそれは果穂ちゃんが…」

『いいの、いいの。慰めてくれなくて。ピースには言っておきたかったんだぁ。もう西条君は忘れたって。だからこの前怒っちゃったことも謝ろうと思って。それだけ！　じゃあね、ピース。またメールするわ』

果穂は言いたいだけ言うと、歩の返事を待たずに電話を切った。女性というのはどうして自分のしたことを都合よく書き換えてしまえるのだろう。いや、これは女性に限ったことではないかもしれない。歩は頭痛を覚え、携帯電話を見つめた。果穂に対して苛立ちが募っていて、意地悪な気分になっていた。メールを開き、果穂には以前振った男の子の霊が憑《つ》いてるから、父が戻ったら除霊したほうがいいと親切心をよそおってメール文を作成した。自宅で果穂を霊視した時、忘れられずに果穂にまといつく男の霊を確認したのだ。後少しで送信、というところで己の邪悪な感情に気づき、慌ててメールを消した。

（お、俺…何してんの？）

嫌がらせで果穂を怖がらせようなんて、一体自分はどうしてしまったのか。

携帯電話を放り投げ、歩はドキドキして気分を鎮めようとした。明らかに自分じゃない誰かが憑依して、歩を嫌な行動に導いている。それを止めなければいけないのに、止められない。果穂の件は父が戻ってきてから告げようと思ったのだ。今話しても果穂をいたずらに怖がらせるだけなのでやめておこうと決めていたはずなのに。

（俺、どうなっちゃってるんだろ…。もうすごい嫌な奴になってる…）

直美の意図が分からないものの、果穂が西条をあきらめてくれたのはいいことではないか。ため息を吐き、歩はぼんやりと天井を見上げた。

(俺、西条君の女関係の心配ばっかりしてるな…)

西条はちっともそんな不安を持ってないというのに、モテる彼氏を得たツケが回ってきたのか、西条と暮らし始めてから西条の女関係ばかり心配している。果穂や直美以外にも、塾の生徒や先生、西条は見目がいいから女性の心を惹《ひ》きつける。

(何で俺ばっかり……)

考え始めると苛々してきて、歩は目を閉じた。

暗い考えに陥ってきて、いけないと首を振った。直美の生霊のせいで、よくないものを背負い込んでる。もともと憑依体質の歩は、ネガティブな発想になると無関係の霊まで拾ってしまう。ポジティブな気持ちになれない時は、たいていこの傾向にある。父は遠い京都の地からそれを感じ取ったというのに、あれからちっとも歩はよくなっていない。

少し眠ろうと思い、置き時計を見た。いつもなら夕食を作り始めている時間だが、今夜は西条が仕事で遅くなるから夕食はいらないと言っている。それほど腹も減ってないし、このまま眠ってしまおう。

薄い毛布を引っ張り、歩はごろりと身体の向きを変えた。また携帯電話が鳴る。睡眠を邪魔されて歩は苛立って携帯電話をとった。てっきり果穂だと思ったのに、見たことのない番号が羅列している。

「もしもし？」

不審に思って出ると、聞き覚えのある声が耳に飛び込んできた。

『あ、ピース？　俺、南野《みなみの》。いきなりかけちゃって悪ィ。西条に連絡とれないんだけど、どこにいるか知ってる？』

電話の相手は同級生の南野だった。携帯電話の番号を交換した覚えはないのに、何故知っているのだろうかと疑問を抱くと、果穂に教えてもらったという。

「西条君？　何で？」

『いやー実は今日合コンしようって話だったんだけど、携帯がぜんぜん繋《つな》がらなくて。西条目当ての子がいるから、連れてかないと怒られそうなんだよなぁ。で、駄目もとでピースに聞こうかと――』

「合コン……？」

耳障りな単語に歩は布団を撥ねのけて起き上がった。

「合コンって何？　西条君と行く約束したの？」

聞き捨てならない発言に、かーっと頭に血が上る。自分がいるというのに、隠れて合コンに行こうとしていたなんて、頭に来る。そういえば今夜は仕事で遅くなると言っていた。つまり浮気しようとしていたのか。

『約束っつーか、同窓会の時頼んでたんだよ。メールも送ってたんだけど、最近返事こねーし。参ったなぁー、人数足りねーし西条目当ての子が何と言うか…』

「俺が行く!!」

腹立ちまぎれに叫ぶと、はぁ？　とすっとんきょうな声が戻ってきた。

『いや、ピース、お前がって』

「西条君の代わりに俺が行くから、場所教えてよ！　どこなの！　今すぐ行くから!!」

歩にしては珍しく怒鳴りちらし、焦った南野から居場所を聞き出した。西条が現れたら、浮気者と怒ってやる。歩は携帯電話を切り、出かける仕度をした。こっちは西条のために苦しんでいるのに、一人で楽しもうとしているなんて許せない。

頭がカッカして冷静に物事が考えられなかった。

歩は後先も考えずに夜の街に飛び出した。

南野が教えてくれた場所は、新宿《しんじゅく》にあるイタリアンの店だった。予約した席には女の子が四人座っていて、どの子も綺麗に着飾っている。中の二人は同じクラスの女子だったが、歩はほとんど話したことがない子だった。南野の友人の男性二人はどちらもスーツ姿で、南野もネクタイはしていないかったが、ジャケット着用でフォーマルな格好だ。突然乱入してきた歩だけがパーカーにジーンズで、女子から冷ややかな視線を浴びた。だがこの際、女の子の視線などどうでもいい。

「ねー、西条君はどうしたの？」

全員の自己紹介を終えた後、不満げな顔で女の子の一人が南野に問いかけた。南野は困った顔で歩を見て、引きつった笑いを浮かべている。

「あー、そ、そのうち来ると思う…から。とりあえず乾杯しようよ」

グラスを持ち上げて南野が話題を逸らす。どうやら西条を餌《えさ》にして女子を呼んだらしく、南野は居心地が悪そうだ。無理やり入ってきた歩の扱いに困り果てているのが横にいても分かる。

「乾杯！」

歩はやけになってグラスを掲げ、中に入っていた赤ワインをぐっと飲み干した。

酒は苦手ではないが、ワインは酔いが回りやすいのであまり飲まない。けれど内心怒りが収まらず、酒でも呷《あお》りたい気分だったので、歩はぐいぐいとワインを飲み干していった。

「天野君って何の仕事してるの？」

歩の向かいに座った女の子が社交辞令で質問してくる。

「俺、コンビニでバイトしてます」

冷えたワインをグラスにどぼどぼと注ぎ、歩は素直に答えた。

「へ、へー…」

歩の答えにあからさまに呆れた顔をして、女の子が横の子に肘《ひじ》鉄を食らわす。西条が言うなと言っていただけあって、コンビニのバイトという答えは女子の失笑を買ったようだ。隣にいた南野も額を押さえている。女の子たちは皆どこかの企業のＯＬみたいで、話す内容も世界が違う。

「もうホント、景気悪くて困っちゃうよねー。冬のボーナスちゃんと出るのかなぁ」

「私なんかもうボーナス払いで買うのあるもん。出なきゃ困っちゃうよ」

どこそこのブランドのバッグを買ったという話を続ける女の子を見つめながら、歩は次から次へとワインを飲み干していった。けっこう高い会費を払ったのだ。もとはとらねば気がすまない。

「おい、ピース。マジで飲みすぎ！」

真っ赤な顔をして酒ばかりかっくらっている歩に、南野が見かねて声をかけてくる。出てくる料理にほとんど口もつけず、ワインばかり飲んでいるから心配になったのだろう。

「マジで西条、来ねーのかな。参った」

「西条君なんかどうでもいいじゃん！　皆して西条君ばっかり」

酔いが回ったせいか、ふだんなら口にしないような不満が次から次へと口をついて出た。

「どうせ西条君はモテるよ。かっこいいよ、ラブレターなんか腐るほどもらってるし、ちょっと声かけただけで女の子はほいほいついてくるよ」

「ど、どうした？　ピース」

テーブルに突っ伏し、愚痴《ぐち》りだした歩に、南野が焦って肩に手をかけてくる。

「それに比べて俺なんか…ぜんぜんモテないし、いつも不安だし、変な霊は寄って来るし、大体何で俺が恨まれなきゃなんないのさぁ！」

喋《しゃべ》り出すと止まらなくなり、怒りだけがどんどん膨れ上がっていく。横に座っていた南野は当然ながら理解不能という顔をしている。

「ピース、意味が分からんぞ？　お前、もう酔っ払ったか？」

「俺はぜんぜん酔ってない！　ぜーんぜん酔ってないってば‼」

大声で怒鳴りだした歩に、同席した合コンメンバーがぽかんとして視線を向けてくる。それにすら苛立って、歩はいきなり立ち上がった。

「う…っ」

急に今度は激しい悲しみに襲われ、涙がぽろりとこぼれ出た。

「うわあああーっ」

自分でも訳が分からないが、無性に悲しくて仕方なかった。涙がぼろぼろこぼれ出てくる。何で自分ばかりこんなふうに西条の心配をしているのだろう。当の西条は平気で遊び歩いているというのに。

理由は簡単だ。この関係は対等ではないから。

好きなのは自分だけで、西条は自分ほど愛情を持っているわけではない。きっと自分好みの飯を作るから傍に置いているだけに過ぎない。

「何なの？　この子」

怒鳴って泣き出した歩に、女性陣が呆れている。

「あ、ねぇ、ちょっと…」

ふっと女性陣の目が歩の背後に注がれ、凍りついた場が一転して華やかになった。

「西条君、遅かったじゃない！　もうすごい待ってたんだから」

歩に対するのとは違い、媚《こび》を含んだ顔で女の子の一人が声をかける。同時に南野も振り返り、安堵した顔で肩を落とした。

「西条、あーよかった。来てくれたんだな」

西条が現れたと知り、歩は涙で濡《ぬ》れた目で後ろを見た。西条はスーツ姿で歩に向かってまっすぐ進むと、いかにも面倒そうな顔でため息を吐いた。

「悪い、ちょっとこいつ連れて帰る。俺らは抜かして皆で楽しんで」

歩の腕を引っ張って、西条が南野に告げる。歩はその腕を振り払って、袖《そで》で涙を拭って西条を睨みつけた。

「俺、帰らないもんね。西条君のバカー、バカー、バカー！」

西条の顔を見たら余計に腹が立ってきて、子どもみたいに怒鳴りまくる。周囲のテーブルの客が呆れ顔でこちらを見ているが、もうどうでもよかった。

「おい、俺が穏便にすませているうちに、言うことを聞けよ」

苛立った顔で西条が無理やり歩の首に腕を回す。首をがっちりとホールドされ、叫ぶこともできないまま歩は出口に向かって引きずられた。

「えー、ちょ、ちょっとぉ！」

「何で帰っちゃうのー？」

席から女性陣の悲鳴が聞こえたが、西条は無視して歩を引きずって店から出た。

半ば首をしめられている状態で引きずり回され、歩は苦しくてもがきながら地面を見つめた。

「な、何だよー…、西条君のバカ…‼　一人で合コン行こうとしたことばれてんだから…っ」

かなり酔いが回った状態で、無理やり引きずられ、今度は気分が悪くなってきた。ぐるぐると頭の中が回るし、足もふらついている。

「うっぷ…、は、吐きそう…」

吐き気を催してきて、歩は口を押さえた。

「しょうがねぇなぁ…お前は」

何度目かのため息を吐いて西条が路地裏へ歩を引っ張っていく。血の気が引いて、胸のむかつきが治まらない。

西条は路地裏に突然現れたホテルの入り口に気づき、歩をそこへ押し込んだ。ネオンが点灯している。ちかちかして頭が痛い。歩はずるずると西条に引っ張られ、前へと進んだ。


気がつくとふかふかしたベッドに眠っていて、天井を見上げていた。

記憶がとぎれているのに驚き、歩はきょろきょろと辺りを見渡した。見知らぬ部屋のベッドで眠っていた。モノトーンで統一された洒落《しゃれ》た部屋で、窓の外の景色からどこかのホテルの上階だと分かった。

「いてて…」

身を起こすと頭痛に悩まされる。確かワインをかなり飲んだので、そのせいだろう。

「起きたか」

ぼうっとした顔で振り返ると、シャワーを浴びてきたらしい西条が髪を拭きながらバスローブ姿で近づいてきた。歩を見つめる顔は、どこか呆れている。

「帰るのめんどいから、今日はここに泊まってこうぜ」

ベッドに腰を下ろして西条が告げる。突然西条に会うまでの記憶が蘇《よみがえ》り、歩は枕を摑《つか》んで西条にぶつけた。

「ひどいよ！　西条君！　この浮気者…っ」

腕を振り下ろしたとたん、反対にがしっと枕を摑まれて容赦なく頭を叩かれる。けっこう痛くて歩はベッドの上に頭を抱えて突っ伏した。

「ううううーっ」

「何が浮気だ、このアホが。あのな、何でお前が合コンに参加してんだよ。南野の誘いなんて受けるか、この単細胞。南野にはでたらめのケーバン教えてたんだよ。合コンなんて行く気なかったから」

低い声で叱責《しっせき》され、歩は涙目で顔を上げた。

でたらめの携帯番号?

「な…、何それ…」

「だから南野が合コン、合コンってうるせーから嘘の番号教えたっつってんだろ。無視してりゃいいのに、何でてめーが勝手に出かける。南野からお前が代わりに来たってメールもらった時は、唖然として飲みかけの缶コーヒー握りつぶしちまったぜ。メルアドだけは正しいの教えといて、ホントよかった」

呆然として歩は西条を見つめ、自分の愚かさにようやく気づいた。

西条は来るつもりはまるでなく、歩の空回りだったというのか。

「……だって…、だって西条君は女の子に人気だから…、絶対遊びたいと思って…」

「あのなー、合コンとかめんどくせーもん俺が行くわけねーだろ」

馬鹿にした顔で見られ、歩は頰に朱を走らせ枕の上に頭を突っ込んだ。

「だって西条君が悪いんじゃないか!!」

「逆切れかよ……」

怒鳴らずにはいられなかった歩に対して、西条は呆れたのを通り越してうんざりした顔をしている。ここのところの鬱憤がたまっていて、歩は思いつくままに文句を吐き出した。

「片瀬さんが毎晩枕元に立つのも、果穂ちゃんが西条君を好きになったのも、同窓会で女の子に囲まれたのも、今夜の合コンだって、全部西条君が悪いんだよ！　西条君がモテるのが悪いんだ！　こんなにひどいこと平気で言うのに、何でだよー‼」

枕を拳でぼすぼすと叩き、歩は力の限り叫んだ。

西条はてっきりすぐに何か言い返すか、頭を殴ってくるか、どちらかすると思った。だが待っていても一向に何もしない。真っ赤な顔を枕から離し、そろそろと顔を上げると、西条は頬杖をついて歩を見ていた。

大きなため息が西条の口から漏れる。

「つうか、それってどれも同窓会に出たからだろ。そもそも同窓会に行こう行こうってごねたのてめーじゃねーか。だったら行こうなんて言わなきゃよかっただろ」

西条が至極真っ当な意見を出してくる。歩は耳まで赤くして、今まで殴っていた枕を胸に抱きしめた。

「だって、西条君と仲いいって自慢したかったんだもん‼」

本音をぶちまけると、西条がずるりと顎《あご》を落とし、両手で顔を覆う。

「意味分かんね。何で俺と仲いいのが自慢になるんだよ？」

「西条君には分からないよ…っ」

西条のように昔から強くて注目されてきた人間には分かるはずがない。歩みたいに目立たず生きてきた人間にとって、誰からも一目置かれる人と仲がいいと思われるのは気分のよいものなのだ。見返したい気持ちもあったのかもしれない。中学生の時弱かった自分が、今は西条という特別な人を手に入れたと見せつけたかったのかも。

自分の深い部分に隠していた気持ちが次々と判明してきて、歩はこれ以上ないほど落ち込んだ。結局自分に自信がないから、西条という強い存在に依存している。明るくて前向きな人間になれたつもりでも本質は変わってなかったのだ。

「俺、西条君みたいに強くないから…、自慢できるものなんか何もないし…」

うつむいた歩の髪を西条がぐしゃぐしゃとかき混ぜる。情けない顔で見上げると、西条が困った顔で笑っていた。

「んなことねーだろ。お前の作る飯は最高だぞ。味にうるさい俺が言うんだから、間違いない。エッチだって感度いいし、すげー楽しいぞ。性格もいつもは前向きだろ。今は何か変になってるけど、いつものお前なら健康だから大丈夫とか言ってるじゃん」

西条の指先が耳朶《みみたぶ》に触れ、頬を撫《な》でる。軽く頬を引っ張られ、歩は黙って西条を見つめた。

「何で分かんねーんだよ？　俺はお前がいいんだって」

優しく諭すように囁《ささや》かれ、歩は目を潤ませて西条の肩に頭を押しつけた。西条の手が頭を抱え、ちゅっと音を立てて耳朶にキスをされた。

「俺……自信がないんだよ…、西条君を繋ぎとめておける…」

心の中の不安を打ち明けると、西条の指先が顎を撫で持ち上げられる。強引に目線を合わされ、そっと確かめるように唇が触れ合った。

「……好きだよ」

唇がわずかに離れ、思いがけない甘い言葉が西条の口から飛び出てくる。びっくりして歩が目を見開くと、西条が頬を赤らめて歩の顔を手で押しのけた。

「うっわ、やべー、超恥ずかしい。あー、何なんだ。たかがこんな言葉が、どうしてこんなに恥ずかしい」

照れまくる西条の手を撥ねのけ、歩は興奮して身体を震わせた。

「今、好きって言った!?　言ったよね!?　空耳じゃないよね！」

西条と特別な仲になって一年近く経つが、好きという言葉を言ってくれたのは初めてだ。信じられなくて歩は西条の肩を揺さぶった。

「ちょ…っ、もう一度言って！　何度でも言って！　好きって言って！」

「いや、待て。これはなかなか口に出せない言葉だ。今日のところは勘弁してくれ」

「駄目だよ！　言ってよ、西条君!!　西条君が言ってくれたら、俺もっと自信もてる。不安にならずにすむんだよ！」

心が震えるような愛の言葉をもう一度聞きたくて、歩は必死になって西条に抱きついた。エロい言葉なら平気で言えるくせに、西条はたかが「好き」という二文字を口にするのに大きな決意が必要なようだ。

「今度な、今度。特別な日に言ってやる。マジで俺、今顔赤くねーか？　あー照れる、だからこんなことを言うのはお前だけだ。それを肝に銘じてくれ。そもそも俺が誰かと暮らすのとか、もうありえねーんだから。こんなに俺に愛…されてんのに、何でうだうだ悩むんだよ」

愛、の辺りでまた西条が照れて顔を覆ってしまった。こんな西条を見たのは初めてで、じーんと胸が熱くなった。

急に今まで悩んでいたのが馬鹿らしくて滑稽《こっけい》なことだと自覚した。

西条がこんなふうになるのは歩の前だけなのに、どうして疑ったりしたのだろう。果穂のことだって、直美のことだって西条は歩の存在を第一にしてくれていた。同性愛者だと噂されるかもしれないのに、直美にはっきりとつき合っていると言ってくれたし、果穂に対しても関係を話すのをためらわなかった。西条は口が悪いから分かりづらいが、いつも歩に対して誠実だ。それをどうして理解しなかったのだろう。

ふうっと憑き物が取れたように身体が軽くなり、目の前が明るくなった。

言葉は何て偉大なのだろう。今まで苦しんでいたことがすべて、西条の「好き」という一言で浄化されていく。本気で他人に好きだと言ったことのない西条が、歩にだけくれた言葉。それは頭のてっぺんから爪先まで、歩の枯れかけた心を潤した。

信じられない。世界が明るく輝いて見える。

心が潤うと、今まで曇っていた眼もすべて見通せるようになった。今までちらちらと過《よ》ぎっていた不成仏霊も離れていく。歩の傍は明るすぎて居心地が悪いと去っていくのが分かる。

「西条君……ごめんね、俺また空回りしてた」

今までの自分の行動を反省して、歩はぎゅっと西条に抱きついた。今は心から西条の愛を信じることができた。同時に多くの人に迷惑をかけた自分が恥ずかしくてたまらない。

「いいけど。っつーか枕元に片瀬がって何の話だよ」

ようやく顔の火照《ほて》りが冷めて、西条が歩の背中を撫でて額と額をくっつけてくる。先ほどまくしたてたのを覚えていたらしい。黙っていようと思ったのに口走った自分を反省して、歩は素直に話すことにした。

「う、うん、それが…。片瀬さんの生霊が毎晩俺の眠りを邪魔して……」

「はあ？　何だそれ、それってキリエの時みたいなのってことか？　いやいや、俺は信じちゃいねーけどな。だったら直接また殴り込みに行くか？」

「うーん…。多分片瀬さんは意図してやってるんじゃないと思う…。俺を恨んでるか妬んでるかしてるみたいで、出てきちゃうんじゃないかな。念が強い人みたいだし…」

本人が気づかずに生霊となっているのはたまにあることだ。

「じゃあ、あれだ。前言ってたじゃん、お前。恨みを跳ね返すには鏡置いときゃいいんだろ。それしろよ」

西条は以前話した「恨みを返すには鏡を置いておけばいい」というのを思い出したみたいで、歩に提案してくる。

「でもそうしたら片瀬さんが不幸になっちゃう……。あんな小さな赤ちゃんもいるのに、何かあったら可哀想だよ」

「お前……ほんっとーに、めんどくせー性格してるな」

歩の答えに呆れて、西条が顔を引きつらせる。

「う、うーん、でも本当は片瀬さん、西条君がまだ好きなんじゃないかなと思って、俺も思い切った手が打てなかったんだよね」

直美に対して何かするのは仕返しのように思えて気が乗らなかった。それは多分、自分の中に純粋じゃない心があると思ったせいだ。

「でもよくないよね。やっぱり片瀬さんに会って、話してみる。また怒るかもしれないけど、恨まれても西条君渡せないし」

　口に出して言ってみると、非常にすっきりした。

　やはり何か変なものが取り憑いていたのだろう。どうして今までこんなふうに明確な答えが出せなかったのだろうと歩は反省した。電話を着信拒否されたくらいですごすごと引き下がった自分が馬鹿らしくて仕方なかった。自分にとって大切なのは西条で、そこさえぶれなければ自ずと答えは出るのに。

「そっか、俺も行こうか？」

　西条は安心した顔で笑っている。歩の表情が違うのに気づいたみたいだ。

「ううん、一人で平気」

　歩がはにかんで笑い返すと、西条の手が伸びて頰をくすぐられた。

「ところでここどこ？　ホテル？」

　改めて一体自分はどこに連れてこられたのだろうと気になって歩は質問した。おぼろげな記憶では風呂場らしき場所でげぇげぇ吐いた。大理石の風呂だったし、ホテルだとしたらかなりお高い場所なのではないか。

「お風呂場すごい豪華だったし、高かったんじゃない？　宿泊費」

「そうでもねーよ。ラブホだから」

西条にとんでもない答えを返されて、歩は息を呑んで硬直した。

「ラブホって…ラブホテル!?　男同士でも入れるの!?」

「入れたな。しょうがねーだろ。お前、道端に吐きそうだったんだから。ああいうの迷惑だからやめろよな。俺、通勤中の道端にゲロがあるとテンション思い切り下がってムカつく。って聞いてんのかよ?」

「お、俺、入ったの初めて……」

慌てて室内をきょろきょろと見渡し、テーブルの上にある小さな籠《かご》の中にあるコンドームを発見する。興味深げに室内をうろつきまわっていると、西条がニヤニヤして見つめてきた。

「せっかくだからしてくか?　とりあえずお前シャワー浴びて来いよ」

「う、うん。それじゃ……」

こくりと頷いて浴室に向かった。黒い大理石の風呂はジャグジーもあって、歩の目を輝かせた。シャワーだけなんてもったいない。湯に浸かりたいと思い、浴槽に湯をためる。

ジャグジー風呂は気持ちよかったし、ライトアップされて楽しかった。ついつい長湯しすぎてバスローブを着て浴室を出た頃には、だいぶ時間が経っていた。西条はどうしているかと湯気の立った身体でベッドに行くと、大きなプラズマテレビが点《つ》けっ放しになっている。

「うっわぁー」

画面には裸でもつれ合っている男女の映像が流れていた。いわゆるアダルトビデオというものを見たことがなかった歩は、真っ赤になって画面に釘付けになった。激しい絡みに歩は動揺しているというのに、西条といえばリモコンを握った状態で眠っている。多分、待ち疲れたのだろう。ベッドの上にうつ伏せになって寝息を立てている。

(すごいよ、西条君。こんなの見てても眠っちゃうんだね)

画面では大股を広げた女性の性器に、男性が抜き差しを繰り返している。そんな映像を見ただけで歩は勃起してしまい、テレビの前にしゃがみ込んだ。

「うわー…、うわぁー…」

犯されている女性は男性二人から責められ、気持ち良さそうな声を上げている。大きな乳が揺れ、精液を顔にぶっかけられている。こんな真似をされて楽しいのだろうか？　という疑問はあったが、身体は勝手に興奮して熱くなってしまった。

「おい…、起こせよ」

三十分くらい画面に見入っていた頃、呻きながら西条が覚醒《かくせい》した。かなり眠そうで、ぼーっとした顔をしている。

「あ、う、うん……、西条君すごいね…、こんなの見て寝ちゃうんだ…」

画面から目を離さずに答えると、大きなあくびをして西条が起き上がる。

「しばらく見てると飽きてこねぇ？　その女優、嘘くせー喘《あえ》ぎしてるし」

「う、嘘くさい…かなぁ？　俺、ぜんぜん分かんな…ひゃあっ!!」

いつの間にか横に来ていた西条が、バスローブの割れ目から股間を握る。画面に夢中だった歩は引っくり返った声を出し、西条の腕を掴んだ。

「すっげ、びしょびしょだな。そんな興奮するのか？」

勃起して先走りの汁で濡れていた性器を軽く扱《しご》かれる。

「や、待って、あ、あ、あ…ッ」

ほんの少し擦られただけで射精してしまい、歩は西条の腕を掴んだままびくびくっと背筋を反らした。

「もうイったのかよ。お前今さら女がいいとか抜かすなよ」

「お、俺こういうの見たの初めてなんだってば!!」

「えっ!?」

驚愕《きょうがく》に目を見開き、西条が固まる。西条は相当驚いたようで、異物でも見る目で歩を見つめ、汚れた手をティッシュで拭き取る。

「そういやお前キスも俺とが初めてだったもんな……。修行僧みたいだな。いやでもフツー興味持つだろ。お前って、本当に浮世離れしてたんだな」

「そ、そんなことないと思うけど……」

もらったティッシュで下腹部の汚れを拭き取ったが、依然として歩の性器は勃起したままだ。気持ちを鎮めたくても、女優の喘ぎが耳に入ると興奮してしまう。

「ほら、ベッド来い」

西条に手を引かれ、ベッドに載り上げ、歩は火照った顔で西条に抱きついた。すぐに西条が唇を重ねてきて、ベッドにもつれ込む。

「もう準備万端って身体してる。何だよ、この乳首。超エロくなってる」

唇を離した西条が身を起こし、横たわる歩の乳首を指先で摘んだ。

「ひゃわぁ…っ、あ…っ、あ…っ」

ぐねぐねと西条の手で乳首をこねられ、甘ったるい声が口から飛び出た。乳首は西条が触る前からつんと尖っていて、ちょっと弄《いじ》られただけで腰に熱が溜まった。アダルトビデオを見ていただけで、全身が敏感になってしまったみたいで、両方の乳首を刺激されて腰がうねる。

「う…っ、あ、あ…っ」

上半身を撫でながら西条の手が時おり乳首をはじいていく。両方いっぺんに責められるとじんじんと腰が疼《うず》いて仕方ない。シーツの上で身をくねらせて、歩は乳首を口で引っ張られてびくっと大げさに反応してしまった。

「今日、感度良すぎ…。そんなに興奮したのか？　今度レンタルしておくな、かなりエロいのを」

歩の反応に苦笑しながら西条が身を伸ばす。ベッドの傍に置いてあった小分けされたローションを手に取り、歩の身体を裏返す。

「指入れるぞ」

ローションと共に西条の指が入ってきて、歩は息を呑んだ。いつもなら最初は圧迫感を覚えるのに、西条の指で内壁を探られても気持ちよさしか感じない。銜《くわ》え込んだ指が動くたびに内壁がひくつくのが自分でも分かるし、腰から下にまったく力が入らなくなっている。そのわりに西条の指で前立腺を弄られると、びくんと腰が跳ねるし、恥ずかしくてたまらなかった。

「やっぱヤられる女の気持ちになるのか？」

ローションを増やして二本目の指を入れながら西条が尋ねる。

「え…っ？」

はぁはぁと息を吐いていた歩は、とろんとした顔をわずかに後ろに向けた。西条の指は難なく内部へ潜り、すぼみを広げる動きをしている。

「だからさ…、ここに俺のが入って…とかさ」

ぐるりと内壁を撫でて西条が囁く。とたんに西条が入ってきた時のことを想像してしまい、

きゅーっと西条の指を締めつけてしまった。

「んう…っ」

「すげーひくひくしてる、ここ。これならすぐ入れられそうだな」

感心した声で呟き、西条が指を増やしてきた。さすがに三本目の指は苦しさもあったが、ローションを増やされ、出し入れされていくうちに腰から下が弛緩した。

「……さ、西条…君」

ぬちゃぬちゃという音にまぎれて、女優の甲高い声が耳に入ってくる。

「ん?」

「お、俺……シーツ…汚しちゃってる…」

うつ伏せの状態で耳まで赤くして告げると、西条が笑って根元まで指を入れてきた。歩の性器が押し当てられている辺りのシーツはあふれてきた蜜で湿っている。

「気になるならタオルでも敷いておけ。ほら」

ぐりっと指先で弱い場所を擦られ、歩は一瞬身体に力を入れた。西条が手を伸ばして端に放ってあったタオルを手渡してくる。それを急いで下腹部の辺りに敷き、少しだけ安堵した。また痛いほどに性器が張り詰め、息が荒くなっていく。

「もう平気そう……。ちょっとそこのコンドーム取って」

すぼみを広げつつ西条が指示する。のろのろと手を伸ばし、歩はベッドサイドに置かれたコンドームを西条に手渡した。西条は歩の尻から指を引き抜くと、手早くゴムを装着する。かすかにゴムの匂いがして歩は息を詰めた。

「ん…っ‼」

西条の指が入り口を広げ、硬くて大きいモノを埋め込んでくる。先端がぐぐっと入ってくると、後は一気に奥まで入ってきた。

「あーすげ…、中とろとろ…。生でしたかったな」

気持ち良さそうな息を吐いて、西条が背後から身体を重ねてくる。内部を大きなモノで広げられ、自然と息が上がった。西条は動いていないのに、勝手にはぁはぁと荒い息が漏れる。

「つ…つけなくても…いいよ?」

火照った顔でわずかに後ろを振り向くと、西条が首筋に舌を這《は》わせてきた。

「そういう可愛いこと言うなって…。家じゃないし、後始末大変だろうからいいよ…」

肩口に甘く歯を当てて、西条が身体を撫でてくる。大きな手のひらが脇から胸に差し込まれ、円を描くように動かされた。

「ん…、ん、はぁ…っ」

ほとんど重なるようにして西条が耳朶をしゃぶってくる。身じろぎするたびに銜え込んだ性器の角度がわずかに変わり、歩はぞくっとして熱い息を吐いた。

「ホントに濡れてるな」

上半身を撫でていた西条の手が下腹部に回り、勃起した性器を軽く撫でる。

「お…俺のって…小さいよね…」

西条の手の動きにひくひくと腰を震わせつつ、歩は気になっていたことを呟いた。

「は？」

「さっきの男優さん…も、西条君も…大きいのに…、俺の…」

「いーじゃん、別に。入れる予定ないんだから」

ひそかに歩がショックを受けていたというのに、西条はあっけらかんとして特に問題視している様子はない。それはそうだがもしかして恥ずかしいと思うべきなのだろうかと気になった。

そういえば父のもけっこうなでかさがあったし、ひょっとして自分がおかしいのか。

「深く考えるなよ、大体あんなビデオに出る奴で貧相な奴いるわけねーだろ。つーか、もう…俺としてはこっちで感じてくれたほうが嬉しいし…」

軽く腰を揺さぶられ、歩は甘く呻いてシーツに頬を擦りつけた。西条の動きはそれほど激しいものではないのに、鳥肌が立つほど気持ちよかった。

「はぁ…っ、は…っ、そ、そうなの…？」

優しくトントンと内壁を叩かれて、息が引き攣《つ》れる。西条は小刻みに腰を揺さぶり、脇腹を揉《も》んできた。

「当たり前だろ…、はー…っ。俺ので突かれて気持ちよくなってるお前見てると、めちゃくちゃ興奮するし…すげぇ可愛いとか思うし…」

西条は何気なく言ったのかも知れないが、言われた言葉は脳を痺《しび》れさせるほど心地好くて、気づいたらぎゅーっと銜え込んだモノを締めつけていた。西条の形まではっきりと分かった気がして、歩は激しい呼吸を繰り返した。

「さ…西条君…っ、中、変…っ」

強烈な快楽が電流のように走り、歩は怖くなってシーツをしわくちゃにした。西条も締めつけられて気持ちよかったらしく、呻くような息を吐いている。

「ああ、中……すげー感じてる。腰揺すってるじゃん…、そんなに気持ちいいのか?」

西条に言われて初めて知ったのだが、いつの間にか勝手に腰をくねらせて快楽を貪《むさぼ》っていた。今日はすごく身体が変で、入り口も奥も、西条の性器で埋め尽くされた場所はどこも甘く蕩《とろ》けるみたいだった。笑って西条が腰を軽く突くと、それだけで甲高い声が上がる。

「あ…っ、あ、う…っ、ひ…っ」

西条が動くたび、嬌声《きょうせい》がこぼれていく。濡れた性器がぶるぶると震え、鼓動が速まる。尖った乳首がシーツに擦れるというささいな動きにも、感度は深まっていく。

「あっ、ん…っ、んう、ぅ…っ、やぁ…っ」

西条の突き上げる速度が速くなると、我慢できなくて歩は自らの下腹部を扱き始めた。奥を突き上げられ、前を擦ると信じられないくらい気持ちいい。ぐぐっと奥まで硬いモノで穿《うが》たれ、あっという間に快楽の波が押し寄せた。

「ひ、あ、ああ…ッ、う、あ…ッ」

びくんびくんと腰を跳ね、歩は勢いよく精液を吐き出した。絶頂に達しながら奥にねじり込まれ、声にならない声を上げてシーツにうずくまった。

「はー…っ、はー…っ、はー…っ」

どろどろになった手を離し、肩で息をする。歩が達したのを知り、西条が動きを止めて背中を撫でてくる。

「苦しい？　一旦抜くか？」

「だ…、大丈夫…、はぁ…っ、はぁ…っ」

ゴムを使っているせいか西条はまだ余裕があるらしく、宥《なだ》めるように歩の肩から脇腹へとマッサージでもするみたいに手のひらを這わせる。脇腹や繋がっている部分を指で辿《たど》られると勝手に身体がびくっとなり、快楽に切れ目がない。

「西条君…、やっぱり抱きつきたい…」

再び律動し始めた西条に揺さぶられながら、歩は息を乱して訴えた。後ろから繋がるのもいいが、もっと肌を密着させたくなった。すぐに西条が「いいよ」と答え、腰をゆっくり引き抜いてくる。

「はぁ…、はぁ…」

息を荒らげ、ごろりと身体を反転させると、西条が足を持ち上げてくる。息が整わないうちに西条が勃起した性器を挿入してきた。すっかり弛んでいる蕾《つぼみ》は、難なく西条のモノを受け入れ、腰に響くほど甘い感覚を与えた。

「西条君…っ、大好き…っ」

繋がった状態で西条が屈み込み、熱い吐息をぶつけるようにして唇を重ねてきた。甘えるように西条の首に腕を回し、唇を深く重ねた。

「ん…っ、ん、う…ッ、…っ」

歩の唇を強く吸って、西条が腰を激しく律動してくる。蕩けそうな内部をめちゃくちゃにかき回され、唇が離れると荒い息が漏れた。

「はぁ…っ、はぁ…っ、う、あ…っ」

西条に抱きついて深い奥を揺さぶられていると、何だか分からないがいろんな感情があふれてきて潤んだ目から涙がこぼれた。気持ちよくて、もうこのまま永遠に繋がっていたくなるほど充足感に満ちている。セックスは特に西条に愛されている感じがして、たまらない。

「はぁ…っ、は…っ、もうイきそ…っ」

歩の肩に唇を押しつけ、西条がかすれた声を上げる。ぎゅーっと抱きしめると、西条が目を合わせ、ふっと笑いかけてくる。

唇を重ね合わせ、西条がぐっと奥まで腰を突き上げる。内部で西条の性器が膨れ上がり、かすかな呻きと共に西条が達したのが分かった。西条は気持ちよさそうに荒い呼吸を繰り返し、歩にキスをぶつけてくる。

「はぁ…っ、はぁ…っ」

西条の呼吸が乱れるのを聞きながら、歩は幸せを噛《か》みしめて愛《いと》しい人に抱きついた。

次の日曜日、歩は一人で片瀬の家へ向かっていた。西条から愛情をたくさんもらって、今の歩は怖いものなしだ。愛されるということは大きな自信に繋がるのだなと初めて歩は知った。自信に満ちると、反対にどうして勘繰ったり悪く考えたりしていたのか分からなくなる。

いつもこんなふうに健全な思考を保てればいいのに、と歩は改めて感じた。

直美の家の前に立ち呼び鈴を鳴らそうとした歩は、室内から物が割れる音が聞こえてきてびくっとした。

「もう勘弁してくれ！　おっかなくて来られねぇよ！」

怒鳴り声と共にいきなりドアが開いて、中から三十代前半くらいの男が飛び出してきた。あやうくぶつかりそうになり、歩はよろけて数歩横に飛びのいた。男は歩を見てびっくりした顔になったが、逃げるようにアパートの階段を下りていく。

「あ、あの片瀬さん…」

開いたままのドアから中を覗き、声をかける。すぐ目の前の床に直美が泣きながら突っ伏していた。奥からは赤ちゃんの泣き声が響き、空中を物が飛び交っている。あの怪現象がまた起きたのだ。

すーっと視線を奥に向け、集中して泣きじゃくる勇気を見た。勇気がひどく興奮しているのが感じられた。まだろくに喋れない赤子が、悲しみや怒り、理不尽さを訴えているのが分かる。

唐突に今まで勘違いしていたと歩は気づいた。

「片瀬さん、ちょっと失礼します」

急いで靴を脱ぎ、うなだれている直美の横を突っ切って勇気のもとへ走る。顔を真っ赤にして大声で泣き続ける勇気を抱き上げ、明るい声で必死にあやした。

「怖くないよ、大丈夫、大丈夫…」

勇気を優しく揺さぶり、にこにこと笑顔であやし続けた。徐々に勇気の泣き声がやみ、同時に怪異もぴたりとやんだ。

やっぱりそうだ。ずっと直美が異変の原因だと思っていたけれど、本当は勇気が起こしたことだった。たまに小さな子どもでこういった不思議な能力を見せる子はいる。まだ穢《けが》れを知らない魂は純粋であるがゆえに、歯止めが利かない。

「天野…さん…?」

ようやく泣きやんだ勇気を抱えて直美のもとへ戻ると、泣き濡れた顔で直美が目を見開く。

「勝手に上がっちゃってごめんなさい。あの……、さっきの人って?」

歩が申し訳なさそうに頭を下げると、涙を拭って直美が顔を背ける。無言で拒絶する直美に、歩は思い切って切り出した。

「あの、間違ってたらごめんなさい。勇気君のお父さんじゃないですか?」

歩が告げた言葉に直美は何も答えを返さなかった。ただうなだれて黙り込んでいる。

「あのね、今までの怪異…、勇気君が起こしたんだと思います」

なおも続けて歩が言うと、ハッとして直美が顔を上げた。

「ゆ、勇気が…？　まさか、そんな」

「思い出してください。もしかして今まで怪異が起きた時って、片瀬さんが怒鳴ったり叫んだりした時じゃないですか？　勇気君はお母さんが苛《いじ》められてると思って、助けなきゃと思ったんじゃないかな」

歩の指摘に思い当たる節があったのか直美の顔が一変した。驚愕に目を見開き、歩の腕の中にいる勇気を見つめる。勇気は涙に濡れた目で母親を必死に見つめ、両手をじたばたさせている。

「勇気が……そんな…」

呆然とした顔で固まる直美の手に、勇気を手渡した。勇気は母親の胸に抱かれて安心したのかうとうととし始める。泣き疲れて眠くなったのだろう。

「信じられない…、けど…そう言われてみると、そう…かもしれません」

勇気を優しく揺らしながら直美が呟く。

「でもそんな…。これから……どうすれば？」

問いかける直美の顔から険が取れていた。歩を見つめる目には憎しみはない。

「こういう能力は大きくなると自然に消えることが多いから、放っておいても平気だと思います。大きくなっても残ってるようだったら、うちの父さんとこで修行するのもアリだけど。でもそんなに気にすることないですよ。それより、片瀬さんがいつも明るく笑っているほうがぜんぜんいいです。そうしたら勇気君もこの力使わないだろうし」

諭すように歩が告げると、しばらく直美は黙って勇気を見つめていた。

「何があったかはしつこく聞きませんけど、勇気君は全身全霊で片瀬さんを愛してるんです。さっきの男の人に心を乱されるよりも、勇気君を第一に考えてください」

長い間があって、歩はどうしようか悩んだ。生霊がどうのと話すのをためらったのだ。直美は呪術を使って恨みを向けてきたわけではなく、おそらく歩を妬むあまり生霊として現れたのだと思う。だとしたらわざわざ伝えなくても、このまま出てこなくなるかも。現に直美から自分に対する憎悪の念は掻き消えてしまった。

「私……」

ぽつりと直美がこぼす。

悩んでいた歩はぱっと顔を上げ、直美と目を合わせた。

「私、あなたが妬ましかったんです」

直美が素直に思いを吐露したことに、歩はびっくりして目を丸くした。

「あ、あのそれって西条君を好きだから…？」

心配になって尋ねると、直美が失笑して勇気の額にキスをした。

「そんなんじゃない…。さっきの人、見たでしょう？　あの人、同じ会社の先輩。結婚して……子どももいるのに、私と関係してたの。笑っちゃうでしょう、不倫なんて」

やるせなさそうに笑い、直美が壁を見つめる。

「奥さんと別れて、子どもも認知してくれるって言ったのに、嘘ばっかり…。たまに会いに来てくれるけど、都合悪くなるとすぐに逃げ出して…」

「片瀬さん……」

「私はこんな最悪なのに……信じられないわ、西条君とあなた。男同士で、私たちよりよっぽど世間的には悪いはずでしょう。でも西条君、平気であなたとのこと私に告げた……。すごく妬ましかったわ、悔しくて腹が立って、どうして私ばっかりって毎晩あなたを恨んでた」

直美の心情を聞き、何故直美の生霊が自分の枕元に立っていたのか理解した。

西条を好きなのではというのはとんだ勘違いだった。直美が苦痛に思ったのは、自分の好いた相手ができなかったことを平然とやってのけた西条の潔さだ。愛されている歩を知り、妬ましくてたまらなかったのだろう。

「最悪は私よね…、八つ当たりもいいとこ…」

自嘲《じちょう》気味に呟く直美に、歩は大きく首を振った。

「妬ましく思うことなんて、ないですよ。だって片瀬さんにはこんな可愛くて、全身で愛してくれる存在がいるじゃないですか。俺は子どもとか産めないし……」

「天野さん……」

「だからそんなふうに悲しい顔しないでください。今は勇気君のことを大事にしてほしい。きっとそれが片瀬さんの安定に繋がりますよ」

歩のアドバイスに直美はやつれた顔で小さく笑った。じっと見ていると直美の父と母の心配する姿がぼうっと浮かんできた。父親は後悔している様子がありありと分かる。

「あと、片瀬さんのご両親がすごく心配してます。意地張らないで帰って、一緒に子育て手伝ってもらったほうがいいんじゃないかな。特にお父さんはあなたに怒鳴ったの、後悔しているみたい」

歩の言葉に直美はびっくりして口を開け、動揺している。

「ど、どうしてそれを?」

「今日は体調いいから、見えました。体調いいと、霊視できるんですよねー」

不思議そうな顔をしている直美としばらく話し、歩は片瀬家を後にすることにした。直美は一人で子どもを育てるのは難しいと判断したみたいで、両親のもとへ戻ると頷いてくれた。安定した暮らしがあれば、心は自然と穏やかになる。何かが足りなかったり、心に満たされないものがある人は、他人を恨んだり妬んだりしてしまう。負の感情を他人に向けるのは危険だ。

いずれ自分のもとへ戻ってきてしまうものだから。

とりあえず直美の生霊はもう現れないだろう。

歩は安堵してアパートの階段を下りた。驚いたことに、家で待っていると告げていた西条がそこに立って歩を出迎えた。西条は「やっぱり心配になった」と呟き、歩と肩を並べて歩き出した。

「片瀬さん、もう大丈夫だと思う。多分解決したかな?」

歩が西条に報告すると、ふーんと気のない声が戻ってくる。

「それはまぁ、いいんだけどな。つうかさ、お前…。俺はぜんぜん信じてないけど! そういう霊現象みたいなのに関わるのって何でだよ。やっぱ……、お前いつかはあの親父の跡を継いで庭で焚き火でもすんのか?」

西条は言いにくそうに、けれどどこか探るような顔で歩に尋ねてくる。

「焚き火って…。あれはお焚き上げだよ、もうお芋を焼くんじゃないんだからさぁ…」

「細かいことはいいんだよ。で、どうなんだよ。お前、これから先どうするつもりでいるんだ?」

歩は西条が気にしていたのに驚き、しばらく考え込んだ。すると歩が黙っているのに不安を覚えたのか、西条が肩に長い腕を回してくる。

「俺は別にお前がずーっとコンビニでバイトするんでもいいんだぞ？　お前一人くらい何かあったら養ってやるし。あるいはな、お前料理家とかになれよ。そしたら俺はめちゃくちゃ嬉しい。いっくらでも試食するから。学校通うなら学費も出してやるぞ」

西条は勝手な夢を描いている。思わずぷっと噴き出し、歩は西条の腰に手を回した。

「あはは、西条君。面白いけど、俺の料理の腕はそれほどじゃないよ。だって俺、西条君の好みは把握してるからあれこれ作れるけど、万人に向けてはそんなにがんばれないよ」

笑って受け流そうとしたが、言いながら自分でも気づいてしまった。料理は万人のために作れないが、自分の能力を活かして誰かを助ける気にはなれる。自分の中の大きな違いに気がつき、歩はいつか自分が選ぶ道も分かってしまった。

「多分…、いつかそうなると思う。今はまだ無理だけど。だって俺、今は少しでも西条君と離れていたくないんだ。本格的に継ぐなら修行のためにしばらく俗世を断たなきゃいけないし」

穏やかな声で告げると、西条が空を仰ぎ、はぁーっと息を吐き出した。

「なぁ、それいつ頃？　やっぱ離れなきゃ駄目なのか？　どっかの山にでも籠《こ》もるとか？　俺前にテレビ見てた時、クラマ天狗《てんぐ》みたいなかっこした奴が滝に打たれたり、真っ暗な山道を走ってたりするの見たぞ。お前もあんな頭がおかしい真似すんのか？」

「あ、俺それもうやったことあるし。寒くてつらいしよく山道で転んだよ」

「ひっ」

顔を強張らせて西条が歩から身を離す。その顔がこの世のものとは思えないほど引きつっていて、歩は首をかしげた。

「けっこう精神力鍛えられるよ？　十八歳くらいの頃かなぁ。西条君、そんな不気味そうな顔しないでも、今はまだそっちの道には行かないってば」

「俺、耐えられるかな…」

「別に西条君は滝に打たれたりしないでしょ」

青ざめる西条に歩は呆れた声を出した。西条は一体何の心配をしているのだろう。まさか一緒に修行でもしてくれるつもりだろうか。

「馬鹿。お前がいない時間って奴にさ。白状すると、お前がおじいちゃんの七回忌でいなかった時、毎日つまらなかったんだよな……。何やってもテンション上がらないし、前は平気だったのにお前のうるささに慣れたのかな。マジでタクがいなかったら乗り越えられなかったかも」

小声でぼそぼそと西条に告白され、歩はびっくりして立ち止まってしまった。あの頃寂しかったのは自分だけだと思っていたのに、西条までが自分のいないことをつらく感じてくれていたとは。どうりでそれまで距離をおいていたタクが西条になついたわけだ。西条は寂しさを紛らわせるためにタクをべったりと構ったのだろう。

この人はやっぱり情の深い人だ。

本人は気づいてないみたいだけど、愛情をたくさん持っている。

「なぁ、少し離れることになるのは覚悟するけどさ。頼むから五年後か十年後にしろよな?その頃なら多分少しはお前に飽きて、ちょっとくらいなら離れても平気だと思うからさ」

「西条君ってば……」

西条の口の悪さに呆れながらも、言われた言葉は愛情に満ちていて歩を笑顔にさせた。五年後も十年後も西条とこうして愛を育《はぐく》んでいけたらいい。

ふと歩は一つ気がかりだった件を思い出して、足を止めた。

「西条君、もう一つ行きたいところあったんだ」

決意を込めて歩は顔を上げた。


もう一つ行かなければならない場所は、果穂の家だった。日曜なので出かけているかもしれないと思ったが、自宅のチャイムを鳴らすと果穂は家にいた。玄関を開けた果穂は歩の後ろに西条がいるのに気づき、ムッとしたような、どこか後ろめたそうな顔になった。

「果穂ちゃん、前に言ってたこと訂正してもらいたくてきた。あのね、西条君は誰かをレイプするような人じゃないんだから。黙ってても女の子が寄って来るんだから、無理やりとかありえないし！　片瀬さんはちょっと冗談で西条君のこと悪く言っただけなんだから、西条君のこと誤解しないでね！」

電話で言いたい放題言われた時は、反論するだけの余裕がなくて聞きっ放しだった。だけどやはりこれだけは訂正しておかねばならない。

歩の断固とした言い方に果穂はぽかんとし、西条は何の話だか分からなくて唖然としている。そういえば西条には言っておくのを忘れていた。西条を侮辱する話だったので、ついつい言えずにいたのだ。

「……そ、そう…なんだ。だって直美先輩が悪く言うからさぁ…」

果穂は歩の剣幕に怯《ひる》んだ顔をしていた。歩がこんなふうに強くものを言ってきたことなどなかったからだろう。

「あと、果穂ちゃん。前に告白されて冷たく振った男の人がいるでしょ。その人、自殺したみたいでずっと果穂ちゃんに憑いてるよ。お祓《はら》いしたほうがいいと思う。これから先、誰かを好きになってもその霊が邪魔すると思うし。うちの父さんなら明日帰ってくるから、頼んでみたら？　でもしっかりお金とるから、覚悟してね」

一気に歩が告げると、果穂の顔がさっと青くなり、わなわなと震えた。よろめいてドアにもたれかかり、歩を凝視する。

「何で宮元《みやもと》君が自殺したの知ってるの？　嘘！　あたしに憑いてるの？　やだ、やめてよ！　あたしぜんぜん知らなかったんだってば！　てっきり事故で亡くなったと思ったのに、昨日自殺だって知らされて…っ」

「だってその人、果穂ちゃんが大好きなんだよ……」

興奮する果穂をなだめ、父の連絡先を書いて手渡した。果穂は中学生の時、歩の見舞いに家に来たことがあるし、おそらく頼めば父は引き受けてくれるだろう。帰ろうとする歩を果穂は怯えて引き止めてきたが、傍にいてもしてやれることはない。歩は終始目を丸くしている西条を促して家に戻った。

「何だったんだ？　レイプがどうのって何の話だ？」

当然ながら西条が道々尋ねてきたので、直美が西条を悪く言っていたという話を聞かせた。西条はしきりに「女ってこえーな！」と身震いしていて、それほど言われたことに対して怒っている様子はなかった。

「西条君、ごめんね」

改めて西条に謝ると、不思議そうな顔で見つめられる。

「俺、果穂ちゃんといると中学校の時の弱い自分が戻ってきちゃって、強く言い返せなかったんだ。もう多分大丈夫だと思うから。いろいろ踏ん切れたから、中学の時の弱い自分には戻らないよ」

「ふーん…。よく分かんねーけど、佐々木からの脱却、みたいな感じか？」

「そんな感じ」

笑って頷くと、西条も安心した顔で笑い返してくれた。

その日は一緒にスーパーで買い物をして、家に戻ると西条のリクエストの牡蠣《かき》フライを作った。牡蠣フライだけではもったいなかったので、他にもいくつか揚げ物を作る。揚げ物は、ぱりっと揚げて、さくさくとした食感が西条は好きみたいだ。

食事をしながら西条は直美の話を重ねて聞き、今さらながら自分が父親じゃなかったことについて安堵した顔を見せた。

「あーでもよかった、仮に俺の子だとしたら、母親に何言われるか分かったもんじゃねーしな」

牡蠣フライにソースを大量にかけて西条が頷く。西条は濃い味が好きで、フライものはすべからくソースを大量にかけるところから始める。そんなにかけたら味が分からなくなるのではないかと思うが、ちゃんと分かるというので黙認している。

「ねぇ、西条君のお母さんさ……、俺と西条君の仲、疑ってるんじゃない？　だから見合い話持ってくるんじゃないかな」

西条の向かいに座り、ぼそぼそとご飯を噛みつつ、気にかかっていた話をした。とたんに西条は黙り込み、あらぬ方向に目を向ける。

「俺、言ってなかったっけ？」

バツの悪そうな顔で頭を掻く西条に、歩は首をかしげた。

「何を？」

「お前と暮らし始める時に、もうおふくろに全部話してる」

ぼろりと箸《はし》が手から落ちた。

「な、なーっ⁉　い、い、い、言ったの⁉　西条君！」

まさか自分の母親にすでにカミングアウトしていたとは思わなかったので、仰天してイスから転げ落ちそうになった。

「なっ、お…っ、俺ぜんぜん知らなかったから、一生懸命友達の振りしてたのに！　っていうか葛藤《かっとう》とかなかったの？　怒られたでしょ？　気持ち悪がられなかった？」

目を白黒させて身を乗り出すと、西条がキャベツの千切りにまでソースをかけて「あーうん」と曖昧な笑みを漏らした。

「そういやショックのあまり寝込んでたな」

西条の母親を思い出し、改めてぞーっとして怖くなった。自分の息子が同性愛者になり、その相手と暮らし始めるというのだ。それほどおおらかな性格にも見えなかったし、受け入れるには相当の葛藤があっただろう。

だとしたらあの見合い話は、すべて分かった上で別れてくれという申し出だったのか。

「つーかお前だって親に話してるのに、俺だけ隠すとかフェアじゃねーだろ。それに隠すほどのことでもねーし」

「隠すほどのことだよ！」

「そうか？　何だよ、言ったらまずかったのか」

歩の動揺ぶりに西条が不満げな顔で箸を向けてきた。普通だったら隠すべき話を親にしてくれたのは嬉しい。けれど歩としては西条があまりに堂々としているので、不安になる。このまじゃ西条は塾でも平然とホモだと公言しかねない。

「嬉しいけど……、西条君、どうしてそんなに人目を気にしないの？　果穂ちゃんの時だって、片瀬さんの時だって…ホモだって知られても別に構わないみたいに見えるよ」

「別に構わねーけど」

何でもないことのように西条は告げ、牡蠣フライを咀嚼《そしゃく》している。歩からすれば信じられないような大胆さだ。

「ふ…フツーの人は、構うんですよ。西条先生」

西条のスタンスが理解できずに、心を落ち着けるためにお茶を飲んだ。西条は鶏肉にシソとチーズを巻いた揚げ物を美味そうに食べている。

「でもなぁ…、俺の人生って本当はとっくに終わってたんだろ」

夕食を平らげた後で、西条が思い出した顔で告げた。

「え？」

「俺、そんなに長くなかったんだろ。お前がいなけりゃとっくに死んでたじゃん。だから、さ。お前のことはきちんとしておきたいんだよ。お前とのこと隠すのってまるで悪いことしてるみたいだし、俺なりに誠意って奴のつもりだったんだけど」

びっくりして歩は西条を見つめた。西条はお茶を飲みながら照れた顔でそっぽを向いている。

「でもお前が嫌がるなら隠しておくよ。お前が一番いいと思うのが……いいもんな」

西条の意外な優しさに触れ、歩はぽーっと頬を赤くして目を輝かせた。

「さ、西条君。それって、俺が大事だから？　俺を愛してるから？」

期待を込めて見つめると、西条がガリガリと頭を掻き、頷く。

「まぁ…そういうこと…だな。おい、こっちを見るな。照れる。あー何でこういう言葉って照れるんだろうな。この甘ったるい空気を誰か消してくれ。そうだ、今度空気清浄機買ってきていいか？」

「空気清浄機じゃ消せないと思うけど…。もったいぶらないでたくさん言って。西条君、俺のこと好き？」

「さて、洗い物でもするかな」

歩の問いかけを見事に無視して、西条が汚れた皿を片づけ始める。まだ食べている途中だった歩は慌てて最後の牡蠣フライを箸で摘む。

「ずるいよ、西条君。話、逸らした」

「お前、俺が洗い物やってるうちに食べ終われよ」

「えー!?　ちょ、ちょっと待って！」

明るい笑い声が室内に響いた。乗り越えなければならない問題はいくつもあるが、西条の愛情をひしひしと感じ、きっと大丈夫だと心を強くした。西条は言葉が乱暴で分かりづらいが、とても愛情の深い人だ。何よりも歩を大切に想ってくれている。

幸せすぎて死にそうだと歩は愛情を嚙みしめた。

「西条君、もうすぐ俺の誕生日だから、その時はたくさん聞かせてね」

歩が食べ終えた皿を急いで運んで告げると、西条が唸り声を上げて泡をちょんと鼻につけてきた。

「善処する」

照れた顔で汚れた皿を洗いながら、西条が低く呟いた。

愛の言葉

八月の頭に歩《あゆむ》は生まれた。亡き母が、ものすごい難産だったと話してくれたことがある。今はもう直接礼を言えなくなってしまったが、好きな人と過ごす時間が多くなるにつれ、産んでくれてありがとうという想いが強くなった。

今年の誕生日は、歩にとってひどく待ち遠しいものだった。何しろ今まで好きとか愛しているという類《たぐい》の言葉を言ってくれなかった西条《さいじょう》が、この日は言ってくれると約束したからだ。誕生日が来るのを指折り数え、これ以上ないほど楽しみにしていた。

その西条はといえば、歩の誕生日が来るのを恐れている節があり、昨夜などは真夜中に叫び声を上げて飛び起きるという異常な状態になっていた。ここ数日うつろな目でぶつぶつ呟《つぶや》いていることもあるし、トイレに入ったまま一時間くらい出てこないこともあるし（扉の向こうから一人芝居をしているような怪しげな声が聞こえていた）、てっきり仕事で何かあったと思っていたのに、どうやら西条は歩に愛の告白をするのが相当なプレッシャーになっている様子だった。

歩はそういった言葉を告げるのに躊躇《ちゅうちょ》はないほうなので、何故《なぜ》西条がそこまで追いつめられているのか理解できない。けれど今回だけはやっぱりいいよ、などとは口が裂けても言い出せなかった。何しろこんな機会がなければ一生言ってくれなさそうな西条のことだ。もらえるものは、もらえるうちにもらっておかねば。

誕生日の日はちょうど日曜で、西条と共に都心に出て焼肉を食べに行った。歩などは入ったことのない洒落《しゃれ》た店で、当然お品書きに載っている値段も高く、接客も素晴らしい店だ。何より驚いたのが焼いている傍《そば》から網を何度も替えることで、やはり歩が行くような安い店とは格が違うなと感心した。

いつもは食べるだけの西条だが、こと焼肉に関しては違う。焼き具合がどうのとうるさく、歩のほうが食べるだけになるくらい、世話を焼いてくれる。

「美味《おい》しいね、西条君」

特上ロースを嚙《か》みしめながら歩はうっとりと告げた。高い店だけあって、肉は最高級だし、タレが抜群に美味《うま》い。

「ああ、そうだな…」

いつもなら歩より先に美味い、美味いと言っている西条が、今日に限ってはビールを呷《あお》るばかりで口数が少ない。量は食べているので、元気がないわけではない。それに今日ももちろん焼き係として網を支配している。

「西条君……。やっぱり、誕生日の日は好きって二十回は言ってね、っていうのけっこう重荷だった?」

　少しだけ反省して歩が問いかけると、西条が重苦しいため息を吐いた。

「俺は二十枚つづりの肩たたき券を手渡してしまった子どもの気分だ…」

「何それ」

「肉体労働ですむだけ、子どものほうがマシだ……」

　西条は空になったジョッキを脇に除け、店員を捕まえて「生ビール」と追加注文をしている。そこまで嫌がるほどのものだろうかと呆《あき》れていると、西条は骨付きカルビを網に広げ始める。短冊状になっている肉を引っくり返し、焼き色をつけていくと、用意されたハサミで肉を切り始めた。

「……西条君、何でそんなに細く切るの?」

　西条はいくら食べやすいにも限度がある、と思うくらい肉を細く切っている。そして無言でそれを網に並べ始めた。

「……まさか肉でスキとか書かないよね…?」

「お前…っ、何故分かった?　俺の苦肉の策を」

　肉を並べている途中の西条が驚いた顔で仰《の》け反《ぞ》る。仰け反りたいのはこっちだ。歩は顔を引きつらせて食べられそうな肉をひょいひょいと箸《はし》で摘《つま》んだ。

「俺、阻止しちゃうもんね」

「あっ、馬鹿、数が足りなくなった。キじゃなくて二になっちまう。なぁー、これ一回にカウントしてくれよ」

「もうー西条君！」

往生際の悪い西条に目を吊《つ》り上げ、歩はビールを飲み干した。

「どうして俺の優しさが分からないの？　今日二十回くらい好きって言ってくれれば、きっと西条君もそういう言葉に慣れて、ばんばん使えるようになるんだよ。もしかしたら毎朝言ってくれるくらいになるかもよ？　大体西条君ってエロい言葉は平気で言えるくせに、何でそんな簡単な言葉が言えないのさ？」

歩に詰め寄られ、西条が新しく置かれたジョッキを握り肩を落とした。

「エロい言葉でいいなら無限大に出てくるんだが」

「そっちのほうが恥ずかしいよ！」

そもそも照れる気持ちも分かるが、照れるあまり奇怪な行動に出るのはやめてほしい。とはいえ考えてみれば歩も人とつき合うのは初めてだが、西条もその点に関してだけは似たようなものだ。セックスは平気でしているくせに、西条がつき合った相手はあのキリエしかいない。それも数回食事をしただけみたいだし、そう考えると西条がそういった言葉を誰かに言わずに過ごしたせいで免疫がないのも頷《うなず》ける。

「なぁ、このままだと一回も言えずに明日になりそうだから、ちょっと回数減らしてくれねぇか？　大体初心者に二十回とかお前は鬼か？」

骨付きカルビを齧《かじ》りながら西条が不満げに言ってくる。確かにこのままだと本当に言ってくれなさそうだったので、歩も譲歩することにした。

「分かったよ、じゃあ十回でどう？」

「一回でいいじゃん。一回言うのもけっこうキツイ」

「西条君……、もう、じゃあ五回。これ以上は駄目です！」

これだけは譲れないと厳しい顔で言い渡すと、渋々西条が頷いてくれた。二十回が五回になってしまってがっかりだが、それでも言われないよりはいい。このままだと本気でごまかされてしまいそうで心配だった。

「美味しかったねー」

焼肉屋を出た後、満ち足りた気分で散歩をした。帰り道に地元のスーパーで買い物もして、冗談を言い合いながらマンションに戻る。何気ないことでも西条としていると、楽しくて仕方ない。

マンションに戻ると全身から焼肉の匂いを発していたのか、家で留守番をしていたタクが鼻先を身体中に押しつけて飯を出せという鳴き声を上げた。今日は暑かったのでタクのためにクーラーをつけっ放しで出て行った。おかげで部屋の中は涼しくて快適だ。タクにねだられて猫缶を開けていると、チャイムが鳴る。

「あ、俺出る」

素早く玄関に走った西条が来客と話しているのが聞こえる。どうやら宅配便が来たらしい。リビングに戻ってきた西条は上機嫌で大きなダンボールを抱えてきた。

「よかった、ちょうど来た。ほら、これ誕生日プレゼント」

目の前に大きな箱を置かれて、歩はびっくりして目を丸くした。誕生日プレゼントは、言葉だけでいいからとあれほど言っておいたのに、わざわざ買ってくれたなんて。焼肉もおごりだったし、今日の西条は大盤振る舞いだ。申し訳ない気分もあったが、喜びの方が上回り、歩はダンボールに飛びついた。

「嬉《うれ》しいけど、こんなにもらっちゃって俺…、んん?」

ダンボールを開けようとした歩は外箱に書かれた品名に動きを止めた。ダンボールは大手家電センターからのもので、外箱にスチームオーブンレンジの絵が描かれている。

「何これ…。俺こんなの欲しいなんて一言も言ってないんだけど…。大体うちには西条君が使ってたレンジがあるじゃん…」

だんだん西条の考えが読めてきて、歩は顔を引きつらせて呟いた。動きが止まってしまった歩の代わりに西条が嬉々《きき》としてダンボールを開けて中を取り出す。

「だって俺の使ってた奴ってたいした機能ないだろ。お前がいれば、ほら。これでもっとすごいの作れそうだろ？」

「西条君が食べたいだけじゃん！」

「まぁ硬いこと言うなって」

西条は発砲スチロールやビニールを剝《は》がして、真新しいスチームオーブンレンジを移動させている。今まで使っていた古いレンジは追いやられ、代わりに真新しいスチームオーブンレンジが棚の上に載った。西条は取扱説明書を眺め、これとこれとこれを作ってくれ、と自分勝手な発言をしている。

「西条君って本当に食べるの好きだよね…」

「ああ、好き」

取扱説明書から目を離さず西条が頷く。

「そういう好きは言えるんだね」

感心して言うと、気づいたように西条が顔を上げ、歩を見つめてきた。

「そっか、お前だと思って言わなきゃ言えるかも。あ、これなら五回くらい楽勝――」

「ちょ、ちょっと待って！　ずるくない？　そんなの俺、嬉しくないし。俺の目を見て言って」

心のこもってない言葉を連発されそうで、慌てて歩は西条の膝《ひざ》に飛びついた。取扱説明書を取り上げ、西条の腰に抱きついて目を見る。

「……お前の目を見ると言葉が咽《のど》で止まるんだよなぁ」

目が合ったとたん西条が照れた顔でそっぽを向いてしまう。

「今日の西条君、いつもと違って面白い」

笑いながら歩が両腕を西条の首に回すと、重さに耐え切れず西条が絨毯《じゅうたん》の上に寝転がった。そのまま西条の胸に頭を載せてべったりくっつく。西条の大きな手が髪を撫《な》で、少し笑った。

「お前、焼肉くせぇ」

「西条君も匂うからいいじゃん」

「まぁ美味しい匂いだからいいけど…」

軽いキスの音がして顔を上げると、頬やこめかみに唇が触れる。

歩は床に手を置き、少し上半身を持ち上げて西条の唇にキスをした。

「西条君、俺のこと好き？」

じっと目を見つめて言うと、西条の頬に朱が走り、突然手で目を覆われた。

「……好きだよ」

　ぎこちない声で呟かれ、かぁーっと身体が熱くなった。西条の目を見たくて覆われた手を解こうとするが、頑丈に隠されて真っ暗なままだ。

「好き」

　再び西条の声がして、ぺろりと唇が舐《な》められる。耳まで赤くなって、歩は身悶《みもだ》えた。

「西条君、目隠ししないでよ。俺、顔見たいのに」

　後ろに身を反らし、何とか西条の手を解こうとした。するといきなり手が外され、身体が引っくり返される。わずかに西条の顔が見えたと思ったが、すぐに床に背中がついて、西条が覆い被さってきた。

「さい……、ん」

　しっかり顔を見ようとしたのを再び西条に阻止された。覆い被さってきた西条の大きな手が目を覆って、吐息が耳をくすぐる。

「お前が好きだよ」

　かすれた低い声で呟かれ、唇に柔らかな感触があった。西条の愛の言葉は全身に電流を走らせ、歩をおかしくさせた。顔の火照《ほて》りは治まらないし、動悸《どうき》息切れ目眩《めまい》がする。気のせいか西条の声も震えていて、ますます頭がヒートする。

「西条君…、手…とって。俺も好きって言いたい」

こんなに大切な言葉を、目隠しされて言われるなんてもったいない。こっちは目が潤んできて、感極まっているというのに。

「駄目。マジ勘弁して。……すげぇ好き、だよ…」

ちゅっと唇に濡《ぬ》れた感触がして、甘い言葉が爪先から頭のてっぺんまで走り抜けた。西条の唇が確かめるように深く重なり、離れていく。

もう西条は四回好きだと言ってくれたから、残りは後一回だけだ。

「愛してる……」

ふいうちのように特別な言葉が降ってきて、びくっと身体が震えてしまった。思わず泣きそうになったところで、照れ隠しなのか余計な言葉がついてきた。

「……かも」

「かもって何!?」

「いや、ちょっと恥ずいからつけといた。以上終わり！」

大きな吐息をこぼして、ようやく西条が手を外してくれた。歩の顔も真っ赤だったが、西条も珍しく赤かった。こんな顔を見られるのはきっと歩だけだ。嬉しさのあまり、ぼろりと涙がこぼれて、歩は床の上をゴロゴロ転がった。

「嬉しいーっ、嬉しいよーっ、すっごい嬉しいよーっ」

抑えきれない興奮があって、リビング中をゴロゴロと転がっていく。途中でソファにぶつかり、満面の笑みで起き上がり、西条に抱きついた。

「西条君、大好き！　すっごい好き！　俺も愛してる！」

西条の身体を力いっぱい抱きしめると、潤んだ目で叫び声を上げた。

「あー…、俺は今脱力している…。任務を終えてへろへろだ…」

「西条君…っ」

魂が抜けたみたいな顔で天井を見ている西条に笑いが込み上げ、泣きながら笑って西条にキスをした。

「お前って感動やだな。何で泣いてんだ」

やっと目を合わせてくれた西条の手が歩の目尻《めじり》を拭《ぬぐ》っていく。濡れた指をぺろりと舐めて、西条が苦笑した。

「だって嬉しかったんだ……」

西条が愛《いと》しくてぎゅっと手を握る。嬉し涙はすぐに止まったけれど、西条の顔から目が離せなくなってしまった。すると西条がゆっくり屈《かが》み込み、歩の唇を指先で辿《たど》る。

「あーやべぇ。何でお前がこんな可愛く見えるんだろう。絶対おかしいよな、お前みたいなもっさい奴…。もっさいのに可愛いんだよなぁ。俺、絶対視力落ちてる」

するりと西条の指が口内に入ってきて、歯列を辿られる。三本の指が口の中に入れられ、歩は上目遣いで西条を見ながらそれを甘噛《あまが》みした。

「ん…っ」

お返しのように舌先を指で引っ張られ、ぞくりと背筋が震えた。先ほどから特別な言葉を聞かされたせいで、身体に火がつくのはあっという間だった。

「ぁ…っ、んぅ…っ」

西条の空いていた手が、着ていたTシャツの上から胸元を撫《な》でる。数度擦られただけで布地の上からぷくりと乳首が尖《とが》り、西条の手に引っかかりを与えた。

「お前、ここ弄《いじ》るとすぐやらしくなるんだから、下に何か着ろよ」

指先で乳首の辺りを弄り、西条が笑う。急速に下腹部が熱くなり、歩は身をすくめて身体を揺らした。西条の指が口内から抜かれ、唾液《だえき》で濡れた指がTシャツの上から乳首を弄る。

「だ…だって、暑いし…、…っ、ん…」

両方の乳首を布地の上から擦られ、歩は目を閉じてかすれた声を上げてしまった。西条はわざと爪で乳首を引っ掻《か》いて歩の反応を見ている。尖った乳首を刺激されるたびに息を詰める歩を見て楽しんでいるのだ。

「気持ちいい…?」

布の上から尖った乳首を引っ張られ、歩は潤んだ目を向けた。

「うん…、うん…」

びくびくと震えながら何度か頷くと、西条の顔が近づき濡れた唇の端を舐められた。

「こんな乳首勃《た》たせて…、ほらすげぇやらしいだろ。乳首だけで感じてるじゃん」

胸元を撫でられ、尖った乳首を指ではじかれ、歩は頬を赤くして甘い吐息をこぼした。まだ直接触られていないのに、Tシャツの上からも分かるくらい乳首がつんと持ち上がっている。

「あ…っ、や、ぁ…っ」

西条の顔が下がり、Tシャツの上から乳首の辺りを噛んでくる。尖っていた乳首を布ごと歯で引っ張られ、甲高い声が口から飛び出た。西条は布地を濡らすように舌で乳首を探り、甘噛みしてくる。

「あ…っ、あ…っ」

濡れていくTシャツがひどくいやらしく見えて、歩は西条の頭を抱えながら熱い息を吐き出した。時々わざと強めに噛まれて、びくんと大きく震えてしまう。頭の芯が蕩《とろ》けるようで、息が荒くなっていく。

「はぁ…、はぁ…、西条君…」

とろんとした顔で息を乱していると、西条がジーンズの上から下腹部を揉《も》んできた。とっくに大きくなっていた下腹部を握られ、歩は息を詰めて身を折った。

「ちょ…っ、ま、って、ま…っ」

ズボンごしに揉まれているうちに、急速に快楽の波に襲われ、歩は声を引き攣《つ》らせて西条の手を押さえようとした。

「ひ…っ、ぁ…っ！」

我慢しようとした瞬間、ぐっと強く握られ、絶頂に達してしまった。急に四肢を硬直させた歩を見て、西条が胸から顔を離す。

「お前、今イったのか？」

へなへなと脱力する歩を見て、西条は呆れた顔をしている。荒い息を吐き出し、歩は情けない顔になった。

「中…気持ち悪いー…」

下着の中で射精してしまったので、気持ち悪くて仕方ない。まさか自分でもそんなに早く達してしまうとは思わなかったので、脱ぐ暇もなかった。やっぱり西条にあれだけ好きだと言われると、身体がおかしくなるみたいだ。

「見せてみろよ」

　おかしそうに笑って西条がベルトを外してくる。そのまま膝を立てていろと言われて情けない顔でじっとしていると、西条がジーンズを膝まで下ろし、湿っているボクサーパンツを眺めて唇の端を吊り上げた。

「やらしい音してる…」

「ひゃ…っ」

　下着の上から揉まれ、濡れた音が聞こえた。まだ性器は勃起《ぼっき》したままで、下着の上からもくっきり形が分かる。西条はことさらゆっくり下着を引き摺《ず》り下ろし、じっとりと濡れた部分を見せつけた。

「あんま見ないで…」

　恥ずかしくて真っ赤になっている歩をちらりと見て、西条が下着をずらしていった。下着から糸が引いていて、羞恥心《しゅうちしん》を覚えた。西条は下着を太ももの辺りまで下ろすと、歩の股間《こかん》に手を伸ばした。

「う…っ、ん…っ」

　袋の部分から尻のすぼみへと指が滑っていく。そこは精液で濡れていて、西条に怪しい手つきで撫でられると腰が蠢《うごめ》いた。

「ローションいらねぇな。もうこんなに濡れてる」

西条の指が尻のすぼみを撫でていく。指先はぬるぬるとした液体を伴っていて、するりと中に潜ってきた。内部の襞《ひだ》を探られて、思わず股を閉じてしまいそうになると西条に太ももを叩《たた》かれた。

「やりづらいから足閉じるなよ」

ぐいっと西条の手で両足を開かれて、息を詰めて西条の肩に手を置く。ジーンズと下着が膝の辺りで止まっているから、足を広げにくい。本当は膝立ちしているのも太ももが震えてつらかった。

「西条君…っ、このかっこつらい…」

西条の指は慣れた様子で奥の感じる場所を擦ってくる。そのたびに身体が熱くなって、歩は甘い声を上げた。時おり西条は歩の性器を扱《しご》き上げ、奥に入れた指を増やす。感じれば感じるほどに寝転がりたくなって、歩は乱れた息をまき散らした。

「お前はすぐゴロゴロするから太るんだよ。何だ、この筋肉のきの字もない足は」

内ももをぐねぐねと揉まれて、歩は鼻にかかった声を上げた。

「ぁ…っ、ん、うう—…っ」

西条に反論したいが、内ももをつけ根のほうに向かって撫でられると、感じてしまって文句が言えない。西条はそれを分かっている様子で、歩が気持ちよくなれる辺りを揉みながら、内部に入れた指で前立腺を刺激する。

「さわり心地はいいけどな。これくらいで太もも震わせて…、俺にもたれないと立ってられないなんて運動不足だぞ」

ぐちゅぐちゅと音を立てて内部に入れた指を動かされ、歩は我慢できずに西条の肩にしがみついた。

「だ…って、や、ぁ…っ、あ…っ」

二本の指で内部の襞をぐるりと撫でられ、大きく身体を跳ね上げてしまう。

「あ…っ、あ、西条君、意地悪…っ」

中を弄られて、膝立ちしているのがつらくてたまらなかった。もっと大きくて熱いモノが欲しくなり、西条のベルトに手をかける。

「お、積極的」

はぁはぁと息を吐き出しつつ西条のズボンを開いていく。西条もすでに勃起していて、歩が下着をもどかしげにずらすと、勢いよく飛び出してきた。

「ん…っ、…っ」

西条の性器を歩が手で扱き出すと、西条が気持ちよさそうな息を吐いて指を抜いた。

「ちょっと舐めて」

西条に言われて、素直に勃ち上がった性器を口に含む。奥まで銜《くわ》えて、ゆっくり引き抜く。舌で張り詰めた性器を濡らし、手で竿《さお》の部分を扱いた。口の中で大きくなっていくそれが愛しくて口を上下していると、西条の手が顎を撫でてきた。

「もういいよ、入れるから下脱いで」

濡れた唇を指で拭われ、歩はこくりと頷いて西条の性器から顔を離した。もどかしい思いで膝にたまっていたジーンズと下着を脱ぎ、西条の膝に乗っかった。

「お前正面好きだな」

対面座位で繋《つな》がろうとする歩に西条がおかしそうに笑った。

「うん、抱きつけるから好き…、ん…っ」

西条の首に抱きつくと、深く唇が重なってくる。キスが気持ちよくて何度も吸っているうちに、西条が腰を抱え、勃起した性器を尻のはざまに押しつけられた。

「ん、んぅ…っ、う…っ」

強く唇を吸われた時に、先端の部分が強引に内部に潜り込んできた。ひくんと腰が震え、つい西条に抱きついてしまう。すると尖った乳首がどこかにぶつかったのか、甘い痺《しび》れが四肢に走った。

「は…っ、はぁ…、あ…っ」

西条はぐいぐいと奥まで性器をねじ込んできて、歩の息を乱れさせた。ふいに腰に手が回り、下からぐっと腰が突き上げられる。とたんに深く西条のモノが入ってきて、歩は甲高い声を発した。

「あ、ぅ…、う…っ、はぁ…っ、はぁ…っ」

「あー、締まる…」

西条は性器が埋まると気持ちよさそうな声を出して、歩の背中を撫でてきた。歩は異物を銜え込んだ感覚で最初は身体を強張らせていたが、やがて徐々に西条の大きさになじみ、力を抜いていった。

「はぁ…っ、はぁ…っ、気持ちいい…」

西条の肩に頭を載せて歩が甘えた声を出すと、西条が腰に回していた手を歩の頬に移動してきた。

「ああ、俺も気持ちいい…」

「ん…っ、んう…」

西条が何度も唇を吸ってくる。クーラーが効いているからいいが、互いに体温が上昇していて汗ばんできた。

「…っ、ぁ…っ、あ…っ」

歩の唇に舌を這《は》わせながら、西条が軽く腰を揺さぶってくる。とたんに繋がった場所からじわりとした甘い痺れが全身に広がった。それほど激しい動きではないのに、漣《さざなみ》のように気持ちよさが重なってきて歩は喘《あえ》ぎ声をこぼした。

「ところでお前…」

軽く腰を揺さぶりつつ西条が囁く。

「そろそろ俺の下の名前呼べよ…。エッチしてる時くらいはさ」

甘い息を吐きながら西条に囁かれ、歩は息を荒らげて見つめ返した。

「西条君の…？　呼んでも怒らない？　お前ごときが生意気とか言わない…？」

ぼうっとした顔で聞き返すと、ムッとした顔で西条が頬を引っ張ってくる。

「ひゃー…っ」

「お前の中で俺はどれだけ鬼畜なんだ…？」

じろりと西条に睨まれてごめんなさいと素直に謝った。

「うん…、じゃあ…き、希一《きいち》…君、とか？」

妙に名前で呼ぶのは恥ずかしくて首をかしげながら試しに呼んでみた。とたんに下から激しく突き上げられて、甲高い声が飛び出る。

「君はいらねぇよ。呼び捨てにしろ」

西条は艶《つや》っぽく笑って腰を激しく動かしてくる。繋がったまま上下に身体を動かされて、歩は仰け反って喘いだ。

「や…っ、あ、あ…っ、希一…っ、ひゃ…っ」

内部で大きくなっているモノが歩の感じる場所を的確に突いてくる。気持ちよすぎて仰け反ってしまうと、西条が腰を捉《とら》えて激しく揺さぶる。ぐちゅぐちゅと奥を擦られ、歩は目を潤ませた。

「あぅ…っ、何かやっぱり…っ、しっくりこないよ西条君…っ」

希一と呼ぶのは何だかまだなじめなくて、変なところで集中できなくなる。

「好きにしろ」

苦笑して西条が腰を突き上げてくる。歩は痙攣《けいれん》するみたいに身体を震わせ、ぎゅっと西条に抱きついた。

「西条君、好き…っ、あ…っ、あ…っ」

断続的に奥を突かれ、また波が高まってきてしまう。勃起した性器がちょうど西条の腹の辺りで擦られ、背筋を快感が突き抜ける。

「俺もおかしくなってんのかな…、今日はマジ早ぇ…、もうイきそうだ」

西条が切羽詰まった声を上げ、歩のうなじを引き寄せてきた。深く唇を重ね、腰をめちゃくちゃに動かされる。

「ぷはぁ…っ、あ…っ、は、はぁ…っ」

長いキスの後に唇が離れ、息を深く吸い込んだ。西条が真剣な顔で見つめているのに気づき目を合わせると、ぐっと両方の頬を抱え込まれた。

「好きだよ」

目と目が合い、西条が照れて苦笑したのが分かった。何か言おうとしたとたん、唇をふさがれ、腰を突き上げられる。

「ん…っ」

西条が息を詰め、内部でぶるりと震えたのが分かった。繋がった部分から愛液が注がれてくるのが感じられる。西条が愛しくて、唇を離してきつく抱きしめると、促されるように勃起した性器を扱かれた。数度擦られただけで歩も達してしまい、二人で荒い息を吐きながら抱きしめ合った。

「……今のはおまけだ」

西条が乱れた息を歩の耳朶《みみたぶ》に吹きかけ、照れ隠しみたいに髪を掻き乱してきた。

「西条君、大好き…。すごい嬉しい…」

思いがけないほど甘い誕生日になった。少し前までごたごたしていたのが嘘《うそ》みたいに、今では西条の愛情を感じ、穏やかな気分になれる。

「抜くなよ」

だるい身体を離そうとすると、西条が腰を捉えて歩を止めてきた。

「このままでいろよ……。物足りない。すぐ回復するから」

軽く腰を揺すられ、歩は鼻にかかった声を上げて西条にもたれかかった。繋がった場所から西条が注いだ精液があふれてきている。それを阻止するように銜え込んだ場所を締めつけると、気持ちよかったのか西条が息を詰めた。

「…お前の身体、好きだわ。すげぇエロい」

色っぽい顔で笑われて、歩は赤くなって視線を逸らした。

「西条君、だんだん言い慣れてきたんじゃない？　この調子でがんばろうよ」

照れ隠しで歩が西条の着ていたシャツのボタンを外し始めると、お返しのように剝《む》き出しの尻を両手で摑まれた。

「次は来年までなし。大切なのは言葉ではなく行動だ。ってことにしてくれ」

「えー？　言葉も大切だよ。だって俺西条君の言葉で救われたし」

「その代わりお前しか見てないって分かるくらい、エッチするから」

ぐねぐねと尻たぶを揉まれ、繋がった部分を指で辿られる。一度は治まったはずの快楽が戻ってきて、歩は大きく息を吐き出した。

「俺、何だかごまかされてない？　…っ、ん…っ」

「ないない」

内部の熱が勢いを取り戻してきて、思わず身をすくめてしまう。愛の言葉をくれないのは寂しいが、最近の西条はよく未来のことを話すので歩を安心させる。来年の誕生日は、今年よりももっとたくさんの言葉をねだってみよう。

「もー…。来年は覚悟してよ」

「ＯＫ。任せろ」

西条は目の前の重荷が消えたことですっかり気楽な顔になっている。きっとあっという間に月日は過ぎるだろう。来年の誕生日を思い描いて笑みがこぼれた。来年も再来年も、その先もずっと西条と誕生日を過ごせれば幸せだ。

「誕生日、おめでとう」

キスと共に優しい囁きが降ってきて、歩は目を閉じて愛しい相手にしがみついた。

あとがき

こんにちは&はじめまして。夜光《やこう》花《はな》です。

何とまさかの『不浄の回廊2』です。私もびっくりの続編を書かせてもらいました。これは多分あれですね。CDとか出してもらえたのが続編に繋《つな》がったのだと思います。CD発売中ですので、どうぞよろしく。作品に広がりが出るのは、ありがたいことですねー。

二冊目なので砂を吐くほど甘い話にしようと思いまして、こんな感じになりました。西条《さいじょう》はツンデレキャラだと思うのですが、後半デレすぎてしまい、以前は言っていた「キモい」という言葉を歩に言わなくなってしまいました。自分がキモくなっている自覚があるのでしょう。すっかりラブラブに…。

一方脳天気がとりえの歩《あゆむ》でしたが、今回は悩みすぎ、空回りしすぎていたのでオマケ話をつけ足しておきました。この二人はこんな感じで仲良くやっていくのだと思います。

それはそうとろくな女の子が出てこなくて……。私の書く女子はあまり性格のいい子はいないのですが、特にこのシリーズはひどすぎる気がします。反省。

イラストの小山田《おやまだ》あみ先生、今回は本当にどうもありがとうございました!

また小山田先生の西条と歩が見られるのかと思うと感激です。小山田先生の描く男の骨格がものすごい格好よいのですよねー。筋張った感じが最高です。二人が可愛らしくて生き生きしていて嬉《うれ》しいです。そしてタクがあちこちにいて、超可愛いです。にゃんこ、にゃんこ。小山田先生の絵を見て黒猫飼ってみたくなりました。

お仕事忙しい中、挿絵を引き受けてくれてありがとうございます。

担当さま。恒例になりつつあるタイトル付け、本当にありがとうございます。今回悩ませてしまったようで申し訳ありません。これからもがんばりますのでよろしくお願いします。

お読みくださった皆さま、おかげさまで二冊目が出ました！　応援してくれた方、『不浄の回廊』の感想を書いてくれた方、本当にありがとうございます。わりとこの二人を好きと言ってくれる方が多いので励みになりました。相変わらずどたばたしている二人ですが、楽しんでいただけたら嬉しいです。

ではまた別の本でお会いできるのを願って。

夜光　花

この本を読んでのご意見、ご感想を編集部までお寄せください。

《あて先》〒105－8055　東京都港区芝大門2－2－1　徳間書店　キャラ編集部気付
「二人暮らしのユウウツ」係

■初出一覧

Chara

二人暮らしのユウウツ

【キャラ文庫】

2010年3月31日　初刷

著者　夜光　花

発行者　吉田勝彦

発行所　株式会社徳間書店

〒105-8055　東京都港区芝大門2-2-1

電話048-451-5960(販売部)

03-5403-4348(編集部)

振替00140-0-44392

印刷・製本　図書印刷株式会社

カバー・口絵　近代美術株式会社

デザイン　海老原秀幸

編集協力　押尾和子

ISBN978-4-19-900564-0

好評発売中

夜光 花の本【シャンパーニュの吐息】

イラスト◆汞りょう

10年前に死んだ弟がなぜ目の前に——!? レストランのオーナー・矢《や》上《がみ》が出逢ったのは、店で働くギャルソンの瑛司《えいじ》。綺麗で儚げな容姿は生き写しでも、瑛司の明るく快活な性格は弟と正反対だった。未だ弟の死を悔やむ矢上は、別人だと頭では否定しながらも瑛司に惹かれていく。そんなある日、矢上は瑛司への想いを抑えられず抱いてしまうが…!? この腕の中にいるのは誰？——ミステリアス・ラブ。

好評発売中

夜光 花の本
【君を殺した夜】

イラスト◆小山田あみ

「ここから飛び降りたら、お前を好きになってやる」。10年前、幼馴染みの聡《さとし》の告白に幸《ゆき》也《や》が出した条件だ。何においても優秀な聡が妬ましくて、酷く傷つけたかったのだ。そんな幸也が勤める中学に、聡が新任教師として赴任してきた。聡は「お前に罪の意識があるなら、身体で償え」と、幸也に強引に迫る。けれど、聡は辛辣な言葉とは裏腹に、優しく幸也を抱きしめてきて…!?

好評発売中

夜光 花の本

【不浄の回廊】

イラスト◆小山田あみ

イラスト◆小山田あみ
夜光花
不浄の回廊
邪悪な死の影から
最愛の人を救いたい——
キャラ文庫

中学の頃から想い続けた相手は、不吉な死の影を纏《まと》っていた——。霊能力を持つ歩《あゆむ》が引っ越したアパートで出会った隣人は、中学の同級生・西条《さいじょう》希一《きいち》。昔も今も霊現象を頑なに認めない西条は、歩にも相変わらず冷たい。けれど、以前より暗く重くなる黒い影に、歩は西条の死相を見てしまう。距離が近づくにつれ、歩の傍では安心して眠る西条に、「西条君の命は俺が守る」と硬く胸に誓うが…!?

好評発売中

夜光 花
眠る劣情
イラスト◆高階 佑
おまえの身体に熱が灯るのは
手酷く扱った時だけなのか——
キャラ文庫

夜光 花の本

【眠る劣情】

イラスト◆高階 佑

妹が何者かに誘拐された!? 内野《うちの》晶《あきら》への犯人からの要求は、「おまえの親友の明石《あかし》章文《あきふみ》の結婚を阻止しろ」ということ。なぜ、解放の条件が親友の結婚と結びつくのか？ かつて高校時代に、章文に告白され振ってしまった晶。罪悪感を抱きつつも「好きだ」と嘘をつき、婚約破棄を迫るしかない。ところが、なんと章文は婚約を解消！ 「恋人なら抱かせろ」と貪るようなキスをしてきて!?

投稿小説★大募集

『楽しい』『感動的な』『心に残る』『新しい』小説——

みなさんが本当に読みたいと思っているのは、どんな物語ですか？　みずみずしい感覚の小説をお待ちしています！

•応募きまり•

[応募資格]

商業誌に未発表のオリジナル作品であれば、制限はありません。他社でデビューしている方でもOKです。

[枚数／書式]

20字×20行で50～100枚程度。手書きは不可です。原稿は全て縦書きにして下さい。また、800字前後の粗筋紹介をつけて下さい。

[注意]

①原稿はクリップなどで右上を綴じ、各ページに通し番号を入れて下さい。また、次の事柄を１枚目に明記して下さい。
（作品タイトル、総枚数、投稿日、ペンネーム、本名、住所、電話番号、職業・学校名、年齢、投稿・受賞歴）
②原稿は返却しませんので、必要な方はコピーをとって下さい。
③締め切りは特別に定めません。採用の方にのみ、原稿到着から３ヶ月以内に編集部から連絡させていただきます。また、有望な方には編集部からの講評をお送りします。
④選考についての電話でのお問い合わせは受け付けできませんので、ご遠慮下さい。
⑤ご記入いただいた個人情報は、当企画の目的以外での利用はいたしません。

[あて先]

〒105-8055 東京都港区芝大門2-2-1
徳間書店 Chara編集部 投稿小説係